FOLIO
JUNIOR

www.narnia.com

Titre original : *The Silver Chair*

The Chronicles of Narnia ®, *Narnia* ® and all book titles, characters
and locales original to The Chronicles of Narnia, are trademarks
of C. S. Lewis Pte. Ltd. Use without permission is strictly prohibited.

Published by Editions Gallimard Jeunesse under license
from the C. S. Lewis Company Ltd.

C. S. Lewis

Le Fauteuil d'argent

Illustrations de Pauline Baynes

Traduit de l'anglais
par Philippe Morgaut

GALLIMARD JEUNESSE

Le Monde de Narnia

À Nicholas Hardie

Chapitre 1
Derrière le gymnase

C'était un morne jour d'automne et Jill Pole pleurait derrière le gymnase.

Elle pleurait parce qu'on l'avait brutalisée. Ce livre ne raconte pas une histoire d'école, j'en dirai donc le moins possible sur celle de Jill, qui n'est pas un sujet agréable à évoquer. C'était un établissement pour garçons et filles, ce que l'on appelle d'habitude une école mixte. Certains disaient que, en fait, ce qu'il y avait de plus mixte, et de loin, ce n'étaient pas les élèves, mais les idées de ceux qui étaient chargés de leur éducation. Ces gens-là s'étaient mis en tête qu'on devrait laisser les enfants faire ce qui leur plaisait. Et ce qui plaisait à une dizaine ou une quinzaine d'entre eux, les plus costauds, c'était malheureusement de persécuter les autres. Il se passait sans cesse dans cette école toutes sortes de choses horribles, auxquelles, dans un établissement ordinaire, on aurait mis bon ordre en moins d'un trimestre. Mais pas dans cette école-là. Les coupables n'étaient ni renvoyés ni punis. Le proviseur disait que c'étaient des cas psychologiques intéressants, les convoquait et leur parlait pendant des heures. Et, si on savait bien quel genre de choses il fallait lui dire, on ne tardait pas à devenir un de ses chouchous, plutôt que l'inverse.

C'était pour cela que Jill Pole pleurait en ce morne jour d'automne, sur le petit sentier détrempé qui courait entre l'arrière du gymnase et le bosquet. Elle pleurait encore quand un garçon tourna au coin du bâtiment en sifflotant, les mains dans les poches. Il faillit lui rentrer dedans.

— Tu ne peux pas regarder où tu vas ? lui dit Jill Pole.

— Ça va, répondit le garçon. Tu ne vas pas commencer…

Puis il remarqua la tête qu'elle faisait.

— Dis-moi, Pole, qu'est-ce qui se passe ? lui demanda-t-il.

Jill ne put qu'esquisser des grimaces, du genre de celles que l'on fait quand on essaie de dire quelque chose et qu'on se rend compte que si on commence à parler, on va se remettre à pleurer.

— Ce sont eux, je suppose… comme d'habitude, dit le garçon d'un air sombre en enfonçant ses mains au plus profond de ses poches.

Jill acquiesça. Elle n'avait pas besoin de dire quoi que ce fût, même si elle l'avait pu. Ils se comprenaient.

— Bon, écoute, lui dit le garçon, ça ne sert à rien que tous, nous…

Il était plein de bonnes intentions, mais il parlait vraiment comme quelqu'un qui s'apprête à donner des leçons. Jill s'énerva tout d'un coup (ce qui a de bonnes chances de vous arriver si on vous dérange en train de pleurer) :

– Oh ! va-t'en et occupe-toi de tes affaires, dit-elle. Personne ne t'a demandé de t'en mêler, non ? Ça te va bien de nous dicter notre conduite ! Tu veux dire, je suppose, que tout le monde devrait, comme toi, passer son temps à Leur lécher les bottes et à chercher à gagner Leurs faveurs en étant aux petits soins pour Eux !

– Oh ! Bon sang ! s'exclama le jeune garçon.

Il s'assit sur le talus, mais se releva très vite parce que l'herbe était trempée. Il avait le malheur de s'appeler Eustache Clarence Scrubb[1], mais ce n'était pas un mauvais bougre.

– Pole ! s'exclama-t-il. Tu trouves ça juste ? Est-ce que, ce trimestre, j'ai fait quoi que ce soit de ce genre ? Est-ce que je n'ai pas tenu tête à Carter à propos du lapin ? Est-ce que je n'ai pas gardé le secret sur Spivvins… Même sous la torture ? Et je n'ai peut-être pas…

– J-j-je ne sais pas et je m'en fiche, sanglota Jill.

Eustache s'aperçut qu'elle n'était pas calmée. Plein de bon sens, il lui offrit un bonbon. Il en prit un aussi. Jill commença à voir les choses sous un meilleur jour.

– Je suis désolée, Scrubb. J'ai été injuste. Tout ça, tu l'as fait… ce trimestre-ci.

– Alors, si tu peux, oublie le trimestre d'avant, lui dit Eustache. J'étais différent. J'étais… dis donc ! Quel type odieux je pouvais être !

– Eh bien, pour être franche, je dois dire que oui.

1. En anglais *scrub* signifie « chétif ».

– Alors, tu trouves que j'ai changé ? lui demanda-t-il.

– Il n'y a pas que moi, précisa Jill. Tout le monde le dit. Ils s'en sont aperçus. Hier, Eleanor Blakiston a entendu Adela Pennyfather en parler dans notre vestiaire. Elle disait : « Quelqu'un a dû influencer ce petit Scrubb. Il est tout à fait incontrôlable, ce trimestre. C'est de lui qu'il va falloir qu'on s'occupe la prochaine fois. »

Eustache frissonna. À l'établissement expérimental, tout le monde connaissait Leur façon de « s'occuper » de quelqu'un.

Les deux enfants se turent un moment. Des gouttes de pluie dégoulinaient des feuilles de laurier.

– Pourquoi étais-tu si différent le trimestre dernier ? demanda alors Jill.

– Des trucs bizarres me sont arrivés pendant les vacances, dit Eustache d'un air énigmatique.

– Quel genre de choses ?

Eustache ne répondit rien pendant un long moment. Puis il dit :

– Écoute, Pole, toi et moi, nous détestons cet endroit à peu près autant qu'il est possible, n'est-ce pas ?

– En ce qui me concerne, c'est sûr, confirma-t-elle.

– Alors, je crois vraiment pouvoir te faire confiance.

– C'est très sympa de ta part.

– Oui, mais c'est un secret vraiment terrible. Dis-moi, Pole, est-ce que tu es douée pour croire à des choses ? Je veux dire, à des choses dont tout le monde se moquerait, ici ?

– Je n'en ai jamais eu l'occasion. Mais je pense que j'en serais capable.

– Tu me croirais si je te disais qu'aux dernières vacances, j'ai été complètement en dehors du monde – enfin, en dehors de ce monde-ci ?

– Je ne saurais pas ce que ça veut dire.

– Bon, eh bien, alors, ne nous compliquons pas la vie avec cette histoire de mondes. Supposons que je te dise que j'ai été dans un endroit où les animaux parlent et où il y a… euh… des sortilèges et des dragons… et… enfin, le genre de choses qu'on trouve dans les contes de fées ?

Eustache rougit en disant cela, car il se sentait terriblement gauche.

– Comment es-tu allé là-bas ? demanda Jill.

Elle aussi se sentait étrangement intimidée.

– De la seule façon possible… par magie, dit Eustache à la limite du chuchotement. J'étais avec deux de mes cousins. On a juste été… transportés là-bas d'un seul coup. Eux, ils y étaient déjà allés.

Maintenant qu'ils en parlaient en baissant la voix, Jill trouvait que c'était en quelque sorte plus facile à croire. Puis, soudain, un horrible soupçon la saisit et elle lui dit (d'un air si farouche que sur le moment elle ressembla à une jeune tigresse) :

– Si je découvre que tu t'es fichu de moi, je ne te parlerai plus jamais, jamais, jamais.

– Je ne me fiche pas de toi, répondit-il. Je te jure que non. Je te le jure sur… sur n'importe quoi.

(Du temps où j'étais moi-même à l'école, on aurait dit : « Je le jure sur la Bible. » Mais, à l'établissement expérimental, les bibles, on n'était pas vraiment pour.)

– D'accord, dit Jill. Je te crois.

– Et tu n'en parleras à personne ?

– Pour qui tu me prends ?

Ils parlaient avec fougue. Mais quand ils se turent et que, promenant son regard alentour, Jill vit le morne ciel d'automne, quand elle entendit goutter les feuilles et pensa à tout ce que l'établissement expérimental avait de désespérant (c'était un trimestre de treize semaines, et il y en avait encore onze devant eux), elle ajouta :

– Mais tout ça nous avance à quoi ? Nous ne sommes pas là-bas, nous sommes ici. Et il n'est pas question qu'on puisse y aller, non ?

– C'est ce que j'étais en train de me demander, répondit Eustache. Quand nous sommes revenus de cet endroit, quelqu'un a dit que les deux jeunes Pevensie (mes deux cousins) ne pourraient plus jamais y aller. Pour eux, c'était la troisième fois, tu vois. J'imagine qu'ils avaient eu leur part. Mais il n'a jamais dit que moi, je ne pourrais pas. Il l'aurait sûrement précisé, à moins qu'il n'ait voulu dire que j'allais revenir ? Et je ne peux m'empêcher de me demander, est-ce qu'on peut… Est-ce qu'on pourrait… ?

– Tu veux dire, faire quelque chose pour que ça arrive ?

Eustache hocha la tête.

– Tu veux dire qu'on pourrait tracer un cercle par terre… écrire dedans des lettres bizarres… se mettre à l'intérieur… et réciter des incantations, des formules magiques ?

— Enfin, reprit Eustache après s'être creusé la tête un moment, je crois que c'était à ce genre de choses que je pensais, bien que je n'aie jamais fait ça. Mais maintenant qu'on en parle, je me dis que tous ces cercles et ces trucs sont plutôt nuls. Je ne pense pas qu'il aimerait ça. Ça donnerait l'impression qu'on peut l'obliger à faire des choses. Alors qu'en réalité on ne peut que le lui demander.

— Qui est cette personne dont tu parles tout le temps ?

— Là-bas, on l'appelle Aslan, dit Eustache.

— Quel nom étrange !

— Et encore, pas aussi étrange que lui. Mais allons-y. Ça ne peut nous faire aucun mal de juste demander. Mettons-nous l'un à côté de l'autre, comme ça. On va étendre nos bras devant nous avec les paumes tournées vers le bas : comme ils font dans l'île de Ramandu...

— L'île de qui ?

— Je te raconterai ça un autre jour. Et il voudrait peut-être qu'on se tourne vers l'est. Voyons, où est l'est ?

— Je ne sais pas, avoua Jill.

— C'est une chose étonnante avec les filles : elles ne savent jamais où sont les points cardinaux, dit Eustache.

— Toi non plus, tu ne le sais pas, répliqua-t-elle, indignée.

— Si, je le sais, à condition que tu ne m'interrompes pas tout le temps. J'y suis, maintenant. L'est, c'est là, en face, derrière les lauriers. À présent, tu veux bien répéter les mots après moi ?

— Quels mots ? demanda Jill.

– Les mots que je vais dire, bien sûr. Maintenant…
Et il commença :

– Aslan ! Aslan ! Aslan !

– Aslan, Aslan, Aslan, répéta Jill.

– S'il vous plaît, faites-nous aller tous les deux à…

À cet instant, venant de l'autre côté du gymnase, une voix cria :

– Pole ? Oui. Je sais où elle est. Elle est en train de pleurer comme un veau derrière le gymnase. Tu veux que j'aille la chercher ?

Jill et Eustache échangèrent un rapide regard, plongèrent sous les lauriers et se mirent à escalader la pente raide et boueuse du bosquet à une vitesse très honorable (du fait des curieuses méthodes d'enseignement de l'établissement expérimental, on n'y apprenait pas beaucoup d'anglais, de mathématiques, de latin ou de choses de ce genre, mais l'on devenait expert dans l'art de se sauver rapidement et sans bruit quand Ils étaient à la recherche de quelqu'un).

Au bout d'une minute d'escalade environ, ils s'arrêtèrent, aux aguets, et entendirent qu'on les poursuivait.

– Si seulement la porte était ouverte ! dit Eustache tout en reprenant sa course, et Jill hocha la tête.

Car, en haut, il y avait un grand mur de pierre, et dans ce mur une porte par laquelle on pouvait sortir dans la campagne. Cette porte était presque toujours fermée à clef. Certaines fois, pourtant, on l'avait trouvée ouverte ; peut-être une seule fois, en fait. Mais on imagine combien le souvenir de cette fois-là pouvait à lui seul fortifier leur espoir. Car si par hasard elle était ouverte, ils pourraient sortir du parc de l'école sans être vus.

Ruisselants de sueur et très sales après avoir couru pliés en deux sous les lauriers, Jill et Eustache atteignirent le mur en haletant. La porte était là, fermée, comme d'habitude.

– Ça ne sert sûrement à rien, dit-il, la main sur la poignée.

Puis :

– Oooh ! Nom d'un chien !

Car la poignée tournait, et la porte s'ouvrit.

L'instant d'avant, ils prévoyaient de sortir tout bonnement par cette porte si jamais elle n'était pas fermée à clef. Mais quand elle s'ouvrit vraiment, ils restèrent tous les deux pétrifiés. Car ce qu'ils voyaient était tout à fait différent de ce à quoi ils s'attendaient.

Au lieu de la lande grise, couverte de bruyère, montant de plus en plus haut à la rencontre du morne ciel d'automne, ce fut un soleil éclatant qui les accueillit. La lumière se répandait à flots, comme celle d'un jour de juin qui vient inonder l'intérieur d'un garage dont on ouvre la porte. Elle faisait étinceler comme des perles les gouttes d'eau accrochées aux brins d'herbe et soulignait les traces laissées par les larmes sur le visage de Jill. Et cette lumière solaire provenait de ce qui semblait être vraiment un autre univers… pour ce qu'ils pouvaient en voir dans l'embrasure de la porte. Ils apercevaient une herbe rase, plus lisse et brillante que tout ce que Jill avait jamais pu contempler et un ciel bleu où filaient en tous sens des objets si brillants qu'on ne savait si c'étaient des joyaux ou bien d'immenses papillons.

Bien qu'elle eût toujours rêvé de quelque chose de ce genre, Jill eut peur. Elle regarda Eustache et, à son expression, elle vit qu'il avait peur, lui aussi.

– Allons-y, Pole, dit-il le souffle court.

– Est-ce qu'on pourra revenir en arrière ? Est-ce que c'est sans danger ?

À cet instant, une voix cria derrière eux, une petite voix méchante, sans pitié :

– Allons, Pole ! Tout le monde sait où tu es. Sors de là !

C'était Edith Jackle qui, sans faire vraiment partie des Leurs, était de Leurs séides, de Leurs mouchards.

– Vite ! dit Eustache. Viens ! Tenons-nous par la main. Il ne faut pas que nous soyons séparés.

Et, avant qu'elle eût pu comprendre ce qui se passait, il l'avait empoignée pour lui faire franchir la porte, pour l'attirer hors de l'enceinte de l'école, hors de l'Angleterre, hors de notre univers et la faire entrer dans cet endroit.

La voix d'Edith Jackle s'éteignit d'un seul coup, comme quand on éteint une radio. À l'instant même, ils furent entourés de bruits tout à fait différents. Cela venait de ces objets brillants qui volaient au-dessus d'eux et se révélaient maintenant être des oiseaux.

Ils faisaient un bruit assourdissant, mais c'était beaucoup plus musical – dans le genre d'une musique d'avant-garde qu'on ne comprend pas tout à fait à la première audition – que ne le sont jamais les chants d'oiseaux dans notre monde. Pourtant, en dépit de ces chants, on percevait, à l'arrière-plan, comme un immense silence. Ce silence, en même temps que la fraîcheur de l'air, suggérait à Jill qu'ils devaient se trouver au sommet d'une très haute montagne.

Eustache la tenait encore par la main et ils avançaient en regardant avidement autour d'eux. Jill voyait partout des arbres immenses, un peu comme des cèdres, mais en plus grand. Comme ils ne poussaient pas trop près les uns des autres, et qu'il n'y avait pas de sous-bois, on voyait loin, entre leurs troncs, dans la forêt, vers la gauche et vers la droite. Et aussi loin qu'elle portât son regard, tout était pareil : l'herbe rase, le passage éclair d'oiseaux au plumage jaune, ou d'un bleu libellule, ou encore arc-en-ciel, les ombres bleutées, et puis le vide. Pas un souffle de vent dans cet air brillant et frais. C'était une forêt très solitaire.

Droit devant eux, il n'y avait pas d'arbres, rien que le ciel bleu. Ils continuèrent à avancer sans échanger un mot jusqu'à ce que Jill entendît soudain Eustache lui dire :

– Attention !

Elle se sentit brutalement tirée en arrière. Ils étaient juste au bord d'un précipice.

Jill faisait partie de ces personnes qui ont la chance de ne pas avoir peur du vide. Elle ne voyait pas le moindre inconvénient à se tenir au bord d'un précipice. Cela l'énerva plutôt de sentir Eustache la tirer en arrière – « exactement comme si j'étais une gamine », pensa-t-elle – et elle dégagea sa main. Quand elle vit à quel point il avait pâli, elle ressentit du mépris pour lui.

– Qu'est-ce qui se passe ? demanda-t-elle.

Et, pour montrer qu'elle n'avait pas peur, elle se tint vraiment tout près du bord, beaucoup plus près, en fait, qu'elle-même l'aurait souhaité. Puis elle regarda en bas.

Elle se rendit alors compte qu'Eustache avait des excuses pour avoir pâli, car aucune falaise de notre monde ne peut être comparée à celle-là. Imaginez-vous au sommet du précipice le plus haut que vous connaissiez. Imaginez que vous regardiez tout en bas. Puis imaginez que le précipice descende encore en dessous, plus bas, dix fois plus bas, vingt fois plus bas. Et, quand vous aurez regardé aussi loin que ça, représentez-vous de petites choses blanches qu'on pourrait bien, au premier coup d'œil, prendre pour des moutons. Mais vous vous rendez compte à ce moment-là que ce sont des nuages – pas de petits flocons de brume, mais de ces énormes nuages blancs et ventrus qui sont gros comme des montagnes. Et puis enfin, entre ces nuages, vous apercevez pour la première fois ce qui est vraiment tout en bas, si loin que vous ne pouvez discerner si ce sont des champs ou des bois, de l'eau ou de la terre… beaucoup plus loin en dessous de ces nuages que vous n'êtes au-dessus d'eux.

Jill était fascinée. Puis elle se dit que, après tout, elle pourrait bien reculer et s'écarter du bord, d'un pas ou deux ; mais elle ne voulut pas le faire, par crainte de ce qu'Eustache pourrait penser. Enfin, elle décida soudain que peu importait ce qu'il pourrait bien penser, elle avait sacrément envie de s'éloigner de cet horrible rebord, et que, plus jamais, elle ne se moquerait de quelqu'un qui avait le vertige. En essayant de bouger, elle découvrit qu'elle ne le pouvait pas. Ses jambes étaient en coton. Tout dansait devant ses yeux.

– Qu'est-ce que tu fais, Pole ? Reviens, espèce de petite idiote ! hurla Eustache.

Mais sa voix semblait venir de très loin. Elle sentit qu'il l'agrippait. Mais déjà, elle ne contrôlait plus ses bras ni ses jambes. Il y eut un moment de lutte au bord de la falaise. Jill était trop effrayée et la tête lui tournait trop pour qu'elle sache vraiment ce qu'elle faisait mais, aussi longtemps qu'elle vivrait (cela lui reviendrait souvent dans ses rêves), elle devait se souvenir de deux choses. Elle se rappellerait s'être dégagée de la prise d'Eustache, c'était la première chose. La seconde, c'était qu'au même instant Eustache lui-même avait perdu l'équilibre et que, avec un hurlement terrifié, il s'était trouvé précipité dans le vide.

Heureusement, elle n'eut guère le temps de réfléchir à ce qu'elle avait fait. Un énorme animal aux couleurs éclatantes avait bondi jusqu'au bord de la falaise.

Il se pencha et s'allongea de tout son long, et (c'était ce qui était bizarre) il souffla. Il ne rugissait pas, ne ronronnait pas, il soufflait, tout simplement, par sa bouche grande ouverte et avec la régularité d'un aspirateur, mais vers l'extérieur. Jill était assez près de lui pour sentir ce souffle continu faire vibrer tout le corps de l'animal. Elle était bien près de s'évanouir… En fait, elle aurait aimé s'évanouir vraiment, mais on ne perd pas connaissance sur commande. Finalement, elle aperçut, très loin au-dessous d'elle, un minuscule point noir qui planait loin de la falaise. Au fur et à mesure qu'il s'élevait un peu, il s'en écartait, et avant qu'il ne parvînt presque à la même hauteur qu'elle, il était déjà si loin qu'elle le perdit de vue. Visiblement, il s'éloignait d'eux à toute vitesse. Jill ne pouvait s'empêcher de penser que cet animal, à côté d'elle, le repoussait avec son souffle.

Aussi se retourna-t-elle pour voir l'animal en question. C'était un lion.

Chapitre 2
Jill se voit confier une mission

Sans un regard pour la fillette, le lion se releva et souffla une dernière fois. Puis il fit demi-tour, l'air content de son travail et, d'un air très digne, s'en retourna lentement dans la forêt.

« C'est sûrement un rêve, sûrement, sûrement, se répétait Jill. Je vais me réveiller tout de suite. »

Mais ce n'en était pas un, et elle ne se réveilla pas.

« Qu'est-ce que j'aimerais que nous ne soyons jamais venus dans cet endroit terrible ! se disait-elle. Je pense que Scrubb ne le connaissait pas mieux que moi. Ou alors, il n'avait pas à m'y emmener sans m'avertir des dangers qui nous attendaient. Ce n'est pas de ma faute s'il est tombé de la falaise. Il n'avait qu'à me laisser tranquille et tout irait très bien maintenant pour nous deux. »

Mais le cri qu'Eustache avait poussé en tombant lui revint en mémoire, et elle fondit en larmes.

Pleurer, ce n'est pas mal, en un sens, tant que ça dure. Mais il faut bien s'arrêter tôt ou tard et, à ce moment-là, on n'a toujours pas décidé ce que l'on doit faire.

Quand Jill s'arrêta de pleurer, elle découvrit qu'elle avait terriblement soif. Elle était restée couchée sur le ventre, et elle commença par s'asseoir. Les oiseaux avaient cessé de chanter et le silence aurait été total s'il n'y avait eu ce petit bruit insistant, qui semblait venir d'assez loin. En écoutant attentivement, elle eut l'impression très nette qu'il s'agissait du clapotis d'un cours d'eau.

Jill se leva et fouilla du regard les alentours. Il n'y avait pas trace du lion, mais il y avait tellement d'arbres autour d'elle qu'il aurait bien pu être tout près sans qu'elle le vît. Rien ne prouvait qu'il n'y avait pas plusieurs lions. Mais elle avait terriblement soif à présent, et elle rassembla tout son courage pour se mettre en quête de ce cours d'eau. Elle marchait sur la pointe des pieds, se faufilant avec mille précautions entre les arbres, et s'arrêtant à chaque pas pour scruter les environs.

Le bois était tellement silencieux qu'il ne lui fut pas difficile de déterminer d'où venait le bruit. On l'entendait plus clairement à chaque seconde et, plus vite qu'elle ne s'y attendait, elle déboucha dans une clairière où elle vit une rivière couler sur l'herbe, brillante comme du cristal, à un jet de pierre tout au plus. Mais, bien qu'à la vue de l'eau elle eût encore dix fois plus soif, elle ne se précipita pas pour boire. Elle resta immobile, comme changée en statue, la bouche grande ouverte. Et pour une très bonne raison : juste à côté du ruisseau, il y avait le lion.

Il était couché, la tête dressée, ses deux pattes de devant allongées devant lui, comme les lions de Trafalgar Square. Tout de suite, elle sut qu'il l'avait vue, car il plongea son regard un instant dans le sien, puis se détourna comme s'il la connaissait très bien et n'avait pas beaucoup d'estime pour elle.

« Si je me sauve en courant, il m'aura rattrapée en un rien de temps, se dit Jill. Et si je continue, je vais tout droit me jeter dans sa gueule. » De toute façon, même si elle avait voulu bouger, elle n'aurait pas pu, et elle ne pouvait pas non plus le quitter des yeux. Combien de temps cela dura, elle ne le sut jamais avec certitude mais cela lui sembla des heures. Et la soif devint si insupportable qu'elle eut presque l'impression que peu lui importait d'être mangée par le lion si seulement elle était sûre de pouvoir boire d'abord une gorgée d'eau.

– Tu peux boire, si tu as soif.

C'étaient les premiers mots qu'elle entendait depuis qu'Eustache lui avait parlé au bord de la falaise. Pendant un instant, elle regarda de tous côtés en se demandant qui avait parlé. Puis la voix reprit :

– Viens boire, si tu as soif.

Et, bien sûr, elle se souvint de ce qu'Eustache lui avait dit au sujet d'animaux qui, dans cet autre univers, étaient doués de parole, et elle se rendit compte que c'était le lion qui parlait. D'ailleurs, cette fois, elle avait vu bouger ses lèvres, et la voix n'était pas comme celle d'un homme. Plus profonde, plus sauvage et plus forte ; une voix lourde, dorée. Elle n'en fut pas moins effrayée pour autant, mais d'une façon assez différente.

— Tu n'as pas soif ? lui demanda le lion.

— Je meurs de soif, répondit Jill.

— Alors, bois.

— Puis-je… Pourrais-je… Est-ce que cela ne vous ennuierait pas de vous éloigner un peu pendant que je bois ?

Le lion ne répondit que par un regard accompagné d'un grognement très grave. Et, en contemplant sa masse immobile, Jill se dit qu'elle aurait pu aussi bien demander à la montagne tout entière de se pousser pour lui faire plaisir.

Le délicieux clapotis du ruisseau la rendait presque folle.

— Est-ce que vous promettez de ne pas… de ne rien me faire, si je viens pour de bon ? demanda Jill.

— Je ne fais pas de promesse, dit le lion.

La fillette avait maintenant tellement soif que, sans y prendre garde, elle s'était rapprochée d'un pas.

— Est-ce que vous mangez les petites filles ?

— J'ai dévoré des petites filles, des petits garçons, des femmes et des hommes, des rois et des empereurs, des villes et des royaumes, dit-il.

Pas comme s'il s'en vantait, ni comme s'il le regret-
tait, ni comme s'il était en colère. C'était une consta-
tation, tout simplement.

– Je n'ose pas venir boire, dit Jill.

– Alors, tu vas mourir de soif.

– Oh ! mon Dieu ! s'exclama Jill en se rapprochant
encore d'un pas. Bon, eh bien, je crois que je devrais
essayer de trouver un autre ruisseau.

– Il n'y a pas d'autre ruisseau.

Jill ne fut jamais tentée de mettre en doute la parole
du lion – jamais aucun de ceux qui avaient pu voir la
gravité de son visage n'avait douté de lui – et, tout d'un
coup, elle se décida sans y penser. C'était la chose la
plus difficile qu'elle eût jamais eu à faire, mais elle
avança jusqu'au ruisseau, s'agenouilla et commença à
prendre de l'eau dans le creux de sa main. C'était l'eau
la plus froide, la plus rafraîchissante qu'elle eût jamais
bue. On n'avait pas besoin d'en boire beaucoup, car
elle étanchait la soif d'un seul coup. Avant d'y avoir
goûté, elle avait prévu de s'éloigner du lion à toutes
jambes à l'instant même où elle aurait fini de boire.
Maintenant, elle se rendait compte que ce serait la
chose la plus dangereuse à faire. Elle se releva et resta
immobile, les lèvres encore toutes mouillées.

– Approche, lui dit le lion.

Elle y était bien obligée. Elle finit par se trouver pratiquement entre ses deux pattes de devant, les yeux
dans ses yeux à lui. Mais elle ne put tenir longtemps et
elle abaissa son regard.

– Petite d'homme, où est donc passé le jeune garçon ?

– Il est tombé de la falaise… dit Jill. Et elle ajouta : monsieur.

Elle ne savait pas comment l'appeler autrement, et elle aurait pu avoir l'air mal élevée en ne disant rien du tout.

– Comment est-ce que cela a bien pu lui arriver, petite d'homme ?

– Il était en train d'essayer de m'empêcher de tomber, monsieur.

– Pourquoi étais-tu si près du bord, petite d'homme ?

– Je voulais me rendre intéressante, monsieur.

– Petite d'homme, voilà une très bonne réponse. Ne fais plus jamais ça. Bon (et là, pour la première fois, son visage perdit un peu de sa sévérité), le jeune garçon est maintenant hors de danger. Mon souffle l'a transporté à Narnia. Mais votre tâche sera d'autant plus ardue, après ce que tu as fait.

– Quelle tâche, monsieur, s'il vous plaît ?

– Celle pour laquelle je vous ai convoqués, lui et toi, en vous faisant sortir de votre univers pour vous amener ici.

Cela troubla énormément Jill. « Il me prend pour quelqu'un d'autre », pensa-t-elle. Elle n'osa pas le dire, mais, en même temps, elle sentait que les choses deviendraient abominablement compliquées si elle ne le faisait pas.

– Dis-moi ce que tu as en tête, petite d'homme, l'encouragea le lion.

– Je me demandais… Je veux dire… peut-être y a-t-il une erreur ? Parce que, vous savez, personne ne nous a convoqués, Scrubb et moi… C'est nous qui avons demandé à venir ici. Il a dit que nous devrions appeler… Quelqu'un… un nom que je ne connaissais pas… que, peut-être, ce Quelqu'un nous ferait venir ici. C'est ce qu'on a fait et, après, on a trouvé la porte ouverte.

– Vous ne m'auriez pas appelé si je n'avais déjà été moi-même en train de vous appeler, répliqua le lion.

– Alors, ce Quelqu'un, c'est vous, monsieur ? lui demanda Jill.

– C'est moi. Bon, maintenant, écoute en quoi consiste votre tâche. Loin d'ici, au pays de Narnia, vit un vieux roi qui est tout triste de n'avoir aucun prince de son sang pour régner après lui. Il n'a pas d'héritier parce que son fils unique a été enlevé, il y a de cela des années, et personne, à Narnia, ne sait où est passé ce prince, ni s'il est encore vivant. En fait, il est en vie. Je vous intime l'ordre de chercher ce prince perdu jusqu'à ce que vous l'ayez retrouvé et ramené dans la maison de son père, à moins que vous ne soyez morts au cours de cette recherche, ou encore que vous ne soyez repartis dans votre propre univers.

– Comment allons-nous faire, s'il vous plaît ? demanda Jill.

– Je vais te le dire, mon enfant, lui répondit le lion. Voici les signes par lesquels je vais vous guider dans votre quête. Premièrement, dès que le jeune Eustache posera le pied à Narnia, il rencontrera un vieil ami très cher. Il doit aller le saluer sans attendre. S'il le fait, vous bénéficierez tous deux d'une aide appréciable. Deuxièmement, vous devrez partir en expédition en vous éloignant de Narnia vers le nord, jusqu'à ce que vous arriviez aux ruines de la cité des Anciens Géants. Troisièmement, dans les ruines de cette cité, vous trouverez une inscription sur une pierre, et il vous faudra faire ce que dit cette inscription. Quatrièmement, vous reconnaîtrez le prince perdu (si vous le trouvez) à ceci : ce sera la première personne rencontrée au cours de vos pérégrinations qui vous demandera de faire quelque chose en mon nom, au nom d'Aslan.

Comme le lion avait l'air d'avoir fini, Jill pensa qu'elle devait dire quelque chose. Aussi répondit-elle :

— Je vous remercie beaucoup. J'ai compris.

— Mon enfant, lui dit-il d'une voix plus douce qu'avant, peut-être n'as-tu pas compris aussi bien que tu le crois. Mais la première chose à faire, c'est de te souvenir. Répète après moi les quatre signes, dans l'ordre.

Jill s'y essaya, sans très bien réussir à les retrouver. Alors le lion la reprit, et les lui fit répéter encore et encore jusqu'à ce qu'elle soit capable de les énoncer parfaitement. Il se montra en cela très patient si bien que, quand ce fut fini, Jill, rassemblant tout son courage, osa lui demander :

— S'il vous plaît, comment vais-je faire pour aller à Narnia ?

— Portée par mon souffle. Je vais te souffler jusqu'à l'ouest du monde comme je l'ai fait pour Eustache.

— Est-ce que je vais le rattraper à temps pour lui transmettre le premier signe ? Mais je suppose que ça n'a pas d'importance. S'il voit un de ses vieux amis, il ira sûrement lui parler, non ?

– Tu n'auras pas de temps à perdre, répondit le lion. C'est pourquoi il faut que je t'envoie là-bas sans attendre. Viens. Tu vas marcher devant moi jusqu'au bord de la falaise.

Jill se rappelait très bien que, s'il n'y avait pas de temps à perdre, c'était à cause d'elle. « Si je n'avais pas fait l'idiote, Scrubb et moi serions partis ensemble et il aurait entendu toutes les instructions en même temps que moi », se disait-elle. Aussi fit-elle ce qui lui était demandé. C'était très inquiétant de retourner au bord de la falaise, surtout que le lion ne marchait pas à ses côtés, mais derrière elle… sans faire de bruit, sur ses pattes aux coussinets rembourrés.

Mais bien avant qu'elle fût vraiment près du bord, la voix se fit entendre dans son dos :

– Ne bouge plus. Je vais souffler dans un instant. Mais, d'abord, rappelle-toi, rappelle-toi, rappelle-toi les signes. Répète-les le matin quand tu t'éveilles, quand tu te couches le soir, et si tu te réveilles au milieu de la nuit. Quoi qu'il puisse t'arriver d'étrange, ne laisse rien te détourner des signes. Et de plus, je vais te mettre en garde. Ici, sur cette montagne, je t'ai parlé clairement mais je ne le ferai plus guère, là-bas, à Narnia. Ici, sur la montagne, ton esprit a la limpidité de l'air environnant ; quand tu atterriras à Narnia, l'air s'épaissira. Prends bien garde qu'il ne mette pas la confusion dans ton esprit. Et les signes que tu as appris ici ne ressembleront pas du tout à ce à quoi tu t'attends, quand tu les trouveras là-bas. C'est pourquoi il est si important de les connaître par cœur et de ne pas s'arrêter aux apparences. Souviens-toi des signes. Aie foi dans les signes. Rien d'autre ne compte. Et maintenant, fille d'Ève, adieu !

Vers la fin, la voix avait faibli et là, elle se tut complètement. Jill regarda en arrière. À sa grande surprise, elle vit que la falaise était déjà à plus de cent mètres derrière elle, et que le lion lui-même n'était plus qu'un petit point doré qui brillait au bord du précipice. Elle avait crispé les poings, serré les dents en prévision de la terrible poussée d'un souffle de lion mais, en réalité, celui-ci avait été si doux qu'elle avait quitté le sol sans même le remarquer. Et maintenant, il n'y avait en dessous d'elle, sur des milliers et des milliers de mètres de profondeur, que du vide.

Elle n'en fut effrayée que pendant une seconde. Pour une bonne raison, qui était que le monde en dessous d'elle était si terriblement loin qu'il semblait ne rien avoir à faire avec elle. Et puis aussi parce que flotter, portée par le souffle du lion, était une chose extrêmement agréable. Elle découvrit qu'elle pouvait se mettre sur le dos ou sur le ventre et se tortiller à sa fantaisie dans tous les sens, exactement comme on peut le faire dans l'eau, pour peu qu'on ait appris à flotter convenablement. Comme elle se déplaçait à la même vitesse que le souffle, il n'y avait pas de vent, et l'air était magnifiquement chaud. Ce n'était pas du tout comme en avion, car il n'y avait ni bruit, ni vibration. Si Jill était déjà montée en montgolfière, elle aurait trouvé que c'était plutôt une chose de ce genre. Mais en mieux.

En regardant derrière elle, elle découvrit vraiment pour la première fois la hauteur de la montagne qu'elle venait de quitter. Elle se demanda pourquoi une montagne aussi gigantesque que celle-là n'était pas couverte de neige et de glace. « Mais je pense que tout doit être différent dans cet univers », se dit-elle. Puis elle regarda en dessous d'elle. Mais elle était à une telle hauteur qu'elle ne put discerner si elle survolait une terre ou un océan, ni à quelle vitesse elle allait.

– Bon sang ! Les signes ! s'exclama-t-elle soudain. Je ferais mieux de les répéter.

Elle paniqua une seconde ou deux, avant de découvrir qu'elle pouvait encore les énoncer tous correctement. « Bon, alors, ça va », se dit-elle avec un soupir de contentement en s'étendant en l'air comme sur un canapé.

« Bon, eh bien, songea-t-elle quelques heures plus tard, il faut bien l'admettre, je me suis endormie. Un fameux sommeil sur coussin d'air. Je me demande si quelqu'un a déjà fait ça. Oh ! La barbe ! Scrubb, probablement ! Sur le même trajet, un petit peu plus tôt que moi. Voyons un peu à quoi ça ressemble, en bas. »

Elle vit une immense plaine, d'un bleu très sombre. Aucun relief n'y était visible, mais de grosses masses blanches s'y déplaçaient lentement. « Sans doute des nuages, pensa-t-elle. Mais beaucoup plus grands que ceux que l'on voyait du haut de la falaise. Je suppose que s'ils sont plus gros, c'est parce qu'ils sont plus près. Je dois être en train de descendre. Ce soleil me gêne. »

Quand elle avait commencé son voyage, le soleil était très haut dans le ciel, mais elle l'avait maintenant dans les yeux. Cela voulait dire qu'il descendait vers l'horizon, droit devant elle. Eustache avait raison de dire que Jill – je ne sais pas ce qu'il en est pour les filles en général – n'avait pas vraiment le sens de l'orientation. Sinon, en voyant qu'elle commençait à avoir le soleil dans les yeux, elle aurait compris qu'elle se dirigeait plein ouest, à peu de chose près.

En regardant fixement la plaine bleue en dessous d'elle, elle remarquait à présent qu'il s'y trouvait çà et là des petits points d'une couleur plus brillante et plus claire. « C'est la mer, se dit Jill. Et je crois bien que ça, ce sont des îles. »

C'était vrai. Elle aurait pu éprouver une certaine jalousie si elle avait su qu'Eustache avait vu certaines d'entre elles du pont d'un bateau et qu'il y avait même débarqué mais, cela, elle ne le savait pas. Et, ensuite, elle commença à discerner de petites rides sur cette surface bleue, de petites rides qui devaient être d'énormes vagues quand on se trouvait en bas, en pleine houle. Et maintenant, barrant tout l'horizon, apparaissait une ligne sombre qui s'épaississait et s'assombrissait si vite qu'on la voyait grossir à vue d'œil. Ce fut pour elle le premier indice de la vitesse impressionnante à laquelle elle se déplaçait. Et elle comprit que cette ligne devait être une terre.

Soudain, sur sa gauche (car le vent venait du sud), un énorme nuage blanc, qui voguait à sa hauteur, fonça vers elle. Et avant même de pouvoir comprendre où elle était, elle avait déjà pénétré dans sa brume froide et humide. Cela lui coupa le souffle, mais elle n'y demeura qu'un instant. Elle en émergea, clignant les yeux dans la lumière du soleil, et constata que ses vêtements étaient tout mouillés. (Elle portait un blazer, un pull, une jupe-culotte et des chaussettes, avec de solides chaussures. En Angleterre, la journée avait été du genre boueux.) Elle ressortit du nuage plus bas qu'elle n'y était entrée. Et, tout de suite, elle remarqua une chose à laquelle, je pense, elle aurait dû s'attendre, mais qui fut pour elle une surprise et un choc. C'étaient des bruits. En haut, elle avait jusqu'alors voyagé dans un silence total. À présent, pour la première fois, elle percevait le bruit des vagues et le cri des goélands. Et aussi, elle sentait maintenant l'odeur de la mer. Il n'y avait plus de doute quant à sa vitesse. Elle vit deux vagues se heurter de plein fouet, et un jaillissement d'écume s'en élever ; mais à peine les avait-elle vues qu'elle les avait dépassées d'au moins cent mètres. La terre se rapprochait à grande vitesse. Elle apercevait des montagnes, loin à l'intérieur du pays, et d'autres montagnes plus près sur sa gauche. Elle voyait des baies et des caps, des bois et des champs, de longues plages de sable. Le bruit des vagues s'échouant sur le rivage devenait plus fort à chaque seconde, couvrant les autres bruits de la mer.

Soudain, juste devant elle, une brèche apparut dans les terres. Elle arrivait à l'embouchure d'une rivière. Elle volait très bas désormais, seulement quelques pieds au-dessus de l'eau. Le haut d'une vague atteignit ses orteils, une gerbe d'écume s'en échappa, et elle fut trempée presque jusqu'à la taille. Elle perdait de la vitesse. Au lieu d'être transportée en amont de la rivière, elle descendait en planant vers le rivage, sur sa gauche. Il y avait tant de choses à voir qu'elle pouvait difficilement les noter toutes ; une pelouse verte bien tondue, un bateau aux couleurs si éclatantes qu'il ressemblait à une énorme pièce d'orfèvrerie, des tours et des fortifications, des étendards flottant au vent, une foule de gens, des habits de fête, des armures, de l'or, des épées, de la musique. Mais tout cela se mélangeait. La première chose dont elle eut clairement conscience fut qu'elle avait atterri, qu'elle se trouvait sous un bouquet d'arbres près de la rivière, et que là, à quelques mètres d'elle à peine, se trouvait Eustache. La première chose qui lui traversa l'esprit, ce fut l'étonnement qu'il lui parût si crasseux, si mal fagoté et, plus généralement, qu'il ait l'air tellement ordinaire. La seconde chose, ce fut : « Qu'est-ce que je suis mouillée ! »

Chapitre 3

L'embarquement du roi

Ce qui donnait à Eustache un aspect aussi miteux (et à Jill aussi, si seulement elle avait pu se voir…) c'était la splendeur de ce qui les entourait. Je ferais mieux de la décrire tout de suite.

À travers une échancrure dans ces montagnes que Jill avait aperçues dans l'intérieur du pays au cours de son approche, la lumière du soleil venait inonder une pelouse bien plane. De l'autre côté de cette pelouse s'élevait un château aux innombrables tours et tourelles, ses girouettes étincelant dans le soleil ; le plus beau château que Jill eût jamais vu. De ce côté-ci, il y avait un quai de marbre blanc et, amarré à ce quai, le navire : un grand bateau cramoisi et doré, avec un gaillard d'avant et une poupe élevés, un immense étendard au grand mât, beaucoup d'autres bannières flottant sur les ponts, et une rangée de boucliers, étincelant comme de l'argent, alignés le long des bastingages. La passerelle était en place et, au pied de cette passerelle, se tenait un homme très, très vieux qui s'apprêtait à monter à bord. Il portait un riche manteau écarlate

qui, ouvert par-devant, laissait voir sa cotte de mailles en argent. Sa barbe, blanche comme de la laine, tombait presque jusqu'à sa taille. Il se tenait assez droit, la main posée sur l'épaule d'un seigneur richement vêtu qui semblait plus jeune que lui : mais lui-même, on le voyait bien, était très âgé, et fragile. On avait l'impression qu'un souffle de vent aurait pu l'emporter, et ses yeux étaient noyés d'eau.

Juste en face du roi – qui s'était retourné pour s'adresser à son peuple avant de monter à bord du bateau –, il y avait un petit fauteuil roulant auquel était attelé un âne guère plus gros qu'un chien de chasse. Dans ce fauteuil était assis un nain, petit et gras. Il était vêtu aussi richement que le roi mais, à cause de son obésité, et aussi parce qu'il était enfoui dans un amoncellement de coussins, il avait un aspect bien différent : on aurait dit un petit tas informe de fourrure, de soie et de velours. Aussi vieux que le roi, il semblait plus robuste et plus vigoureux, avec des yeux au regard perçant. Dans la lumière du couchant, sa tête nue, chauve et vraiment énorme, brillait comme une boule de billard géante.

À l'arrière-plan, formant un grand cercle, se tenaient des courtisans que Jill reconnut tout de suite pour tels. Ils valaient le coup d'œil rien que pour leurs armures et leurs vêtements. À cette distance, on les aurait plutôt pris pour un parterre de fleurs que pour une foule. Mais ce que la fillette fixait avec fascination, bouche bée et les yeux écarquillés, c'étaient les gens eux-mêmes. Dans la mesure où on pouvait parler de gens. Car il n'y en avait guère plus d'un sur cinq qui fût un être humain. Le reste était composé de créatures qu'on ne voit jamais dans notre univers. Des faunes, des satyres, des centaures : ceux-là, Jill pouvait leur donner un nom, car elle en avait vu sur des images. Même chose pour les nains. Il y avait en plus beaucoup d'animaux qu'elle connaissait tout aussi bien ; des ours, des blaireaux, des taupes, des léopards, des souris et différents oiseaux. Seulement, ils étaient très différents des animaux qui portent le même nom en Angleterre. Certains étaient beaucoup plus grands – les souris, par exemple – se tenaient sur leurs pattes de derrière et mesuraient plus de soixante centimètres de haut. Mais, tout à fait indépendamment de cela, ils avaient l'air différents. Vous auriez pu voir à l'expression de leurs visages qu'ils pouvaient raisonner et parler tout aussi bien que vous.

« Sacré nom ! se dit-elle. Alors, finalement, c'est vrai ! » Mais juste après, elle ajouta : « Je me demande s'ils sont amicaux. » Car elle venait de remarquer, un peu à l'écart de la foule, un ou deux géants et quelques personnes auxquelles elle aurait été bien en peine de donner un nom.

À cet instant, Aslan et les signes lui revinrent brutalement en mémoire. Elle les avait complètement oubliés au cours de la dernière demi-heure.

– Scrubb ! chuchota-t-elle en l'agrippant par le bras. Scrubb, vite ! Est-ce que tu reconnais quelqu'un ?

– Ah ! alors, te voilà revenue, toi ? lui répondit-il d'un ton désagréable (il avait quelques raisons). Eh bien, tiens-toi tranquille, si c'est possible. Je veux écouter.

– Ne sois pas idiot. Il n'y a pas un moment à perdre. Est-ce que tu ne vois pas ici un vieil ami ? Parce qu'il faut que tu ailles lui parler tout de suite.

– Qu'est-ce que tu racontes ?

– C'est Aslan le Lion qui dit que tu dois le faire, insista Jill avec désespoir. Je l'ai vu.

– Oh ! tu l'as vu, vraiment ? Et qu'est-ce qu'il a dit ?

– Il a dit que la toute première personne que tu verrais à Narnia serait un vieil ami, et que tu devrais aller lui parler sur-le-champ.

– Eh bien, il n'y a personne ici que je connaisse. Et, de toute façon, je ne sais pas si on est à Narnia.

– Je croyais t'avoir entendu dire que tu étais déjà venu, s'étonna Jill.

– Eh bien, tu te trompais.

– Alors, ça, c'est pas mal ! Tu m'as dit…

– Au nom du ciel, boucle-la et écoutons ce qu'ils racontent.

Le roi était en train de parler au nain, mais Jill n'entendait pas ce qu'il disait. Et, pour autant qu'elle pût en juger, le nain ne répondait rien, mais il hochait beaucoup la tête et la remuait en tous sens. Puis le roi éleva la voix pour s'adresser à toute la cour. Mais sa voix était si vieille et si brisée que Jill ne saisit pas grand-chose de son discours – d'autant qu'il ne faisait allusion qu'à des gens et à des endroits dont elle n'avait jamais entendu parler. Quand le discours fut terminé, le roi se pencha pour embrasser le nain sur les deux joues, se redressa, leva la main droite comme pour une bénédiction puis, lentement et à petits pas hésitants, gravit la passerelle et monta à bord du bateau. Les courtisans semblaient considérablement émus par son départ. Des mouchoirs firent leur apparition, on entendit des sanglots. La passerelle fut remontée, des trompettes sonnèrent à la poupe, et le navire s'éloigna du quai (il était remorqué par un bateau à rames, mais Jill ne pouvait pas le voir).

– Bon… fit Eustache.

Mais il n'en dit pas plus car, à cet instant précis, un grand objet blanc – pendant une seconde, Jill le prit pour un cerf-volant – arriva en vol plané et atterrit à ses pieds. C'était un hibou, blanc, mais un hibou aussi grand qu'un nain de belle prestance.

Il cligna des yeux en fixant sur eux son regard de myope, inclina légèrement la tête sur le côté et leur dit

d'une voix douce, semblable
à un hululement :

– Tou-wouh, tou-wouh !
Qui êtes-vous, tous les deux ?

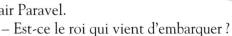

– Je m'appelle Scrubb, et
voici Pole, répondit Eus-
tache. Pourriez-vous nous
dire où nous sommes ?

– Dans le pays de Nar-
nia, au château du roi, à
Cair Paravel.

– Est-ce le roi qui vient d'embarquer ?

– Hélas oui, hélas oui, répondit le hibou en secouant
tristement sa grosse tête. Mais qui êtes-vous ? Il y a
quelque chose de magique en vous deux. Je vous ai vus
arriver : vous voliez. Tous les autres étaient si occupés
à regarder partir le roi que personne ne s'en est rendu
compte. Sauf moi. Je vous ai remarqués par hasard, et
vous voliez.

– Nous avons été envoyés ici par Aslan, dit Eustache à mi-voix.

– Tou-wouh, tou-wouh ! s'exclama le hibou en ébou-
riffant ses plumes. C'est presque trop pour moi, si tôt
dans la soirée. Je ne suis pas tout à fait moi-même
avant le coucher du soleil.

– Et nous avons été envoyés pour retrouver le prince
perdu, ajouta Jill, qui avait attendu avec impatience le
moment de se joindre à la conversation.

– C'est la première fois que j'entends parler de ça,
dit Eustache. Quel prince ?

– Vous feriez mieux d'aller parler tout de suite à monseigneur le régent, dit le hibou. C'est lui, là-bas, dans la charrette à âne : le nain Trompillon.

L'oiseau fit demi-tour pour leur montrer le chemin, en murmurant pour lui-même :

– Wouh, tou-wouh ! Quelle affaire ! Je n'ai pas encore l'esprit très clair. Il est trop tôt.

– Comment s'appelle le roi ? s'enquit Eustache.

– Caspian X.

Et Jill se demanda pourquoi Eustache s'était soudain arrêté net, son visage prenant une couleur extraordinaire. Elle se dit qu'elle ne l'avait jamais vu avoir l'air aussi retourné par quoi que ce fût. Mais avant qu'elle eût eu le temps de poser la moindre question, ils étaient arrivés auprès du nain, qui venait de reprendre en main les rênes de son âne et s'apprêtait à retourner au château. La foule des courtisans s'était dispersée et ils partaient dans la même direction, un par un, par deux, ou en petits groupes comme des gens qui viennent d'assister à un match ou à une course.

– Tou-wouh ! Hum ! Monseigneur le régent, dit le hibou en se penchant un petit peu pour mettre son bec à la hauteur de l'oreille du nain.

– Hein ? Qu'est-ce qui se passe ? demanda le nain.

– Deux étrangers, monseigneur, lui dit le hibou.

– Du danger ! Qu'est-ce que tu racontes ? s'indigna le nain. Je ne vois là que deux petits humains incroyablement crasseux. Qu'est-ce qu'ils veulent ?

– Je m'appelle Jill, dit la fillette en faisant un pas en avant.

Elle était très impatiente d'exposer l'affaire importante pour laquelle ils étaient venus.

– La jeune fille s'appelle Jill, répéta le hibou, criant aussi fort qu'il le pouvait.

– Quoi ? s'exclama le nain. Les petites filles ? Tuées à la pelle dans la ville ! Je n'en crois pas un mot. Quelles petites filles, d'abord ? Et qui les a tuées ?

– Une seule, monseigneur, répondit le hibou. Elle s'appelle Jill.

– Parle plus fort, parle plus fort, s'impatienta le nain. Ne reste pas là à me bourdonner et à me gazouiller à l'oreille. Qui a été tué ?

– Personne n'a été tué, hulula le hibou.

– Qui ?

– PERSONNE !

– Ça va, ça va. Pas besoin de crier. Je ne suis pas sourd à ce point-là. Qu'est-ce qui te prend de venir jusqu'ici me dire que personne n'a été tué ? Pourquoi est-ce qu'on aurait tué quelqu'un ?

– Mieux vaut lui dire que je m'appelle Eustache, dit Eustache.

– Le petit garçon s'appelle Eustache, monseigneur, hulula le hibou de toutes ses forces.

– Sans usages ? dit le nain d'un ton irrité. J'oserais dire que c'est ce qu'il est. Y a-t-il une raison quelconque pour l'amener à la cour, hein ?

– Pas sans usages, dit le hibou. EUSTACHE.

– Hors d'usage ? Je ne comprends rien à ce que tu racontes, ça, c'est sûr. Je vais vous dire ce qui se passe, monsieur Glimfeather : quand j'étais un jeune nain, il y avait dans ce pays des animaux parlants et des oiseaux qui savaient vraiment parler. Il n'y avait pas tous ces marmonnements, ces grommellements, ces chuchotements. On ne l'aurait pas supporté un seul instant. Pas un seul instant, monsieur... Urnus, mon cornet, s'il te plaît...

Un petit faune qui, pendant tout ce temps, s'était tenu sans parler à côté du nain lui tendit alors un cornet acoustique en argent. Il avait la forme de l'instrument de musique que l'on appelle un serpent, si bien que le tube s'enroulait autour du cou du nain. Pendant qu'il le mettait en place, le hibou, Glimfeather, chuchota aux enfants :

– J'ai l'esprit un peu plus clair, à présent. Ne dites rien du prince perdu. Je vous expliquerai plus tard. Cela ne marcherait pas, non, ne marcherait pas, touwouh ! Oh ! mais quelle affaire !

– Bon, reprit le nain, si vous avez quelque chose de sensé à me dire, monsieur Glimfeather, essayez de le formuler. Respirez à fond et ne cherchez pas à parler trop vite.

Avec l'aide des enfants, Glimfeather réussit à expliquer que les étrangers avaient été envoyés par Aslan pour visiter la cour de Narnia. Le nain leur jeta un coup d'œil rapide, une nouvelle expression dans le regard.

– Envoyés par le Lion lui-même, hein ? dit-il. Et de... hum... de cet autre lieu... au-delà du Bout-du-Monde, hein ?

– Oui, monseigneur, mugit Eustache dans le cornet.

– Fils d'Adam et fille d'Ève, hein ? ajouta le nain.

Comme, à l'établissement expérimental, on n'avait jamais entendu parler ni d'Ève ni d'Adam, Jill et Eustache ne surent quoi répondre. Mais le nain ne parut rien remarquer.

– Eh bien, mes chers amis, dit-il en les prenant l'un après l'autre par la main avec une légère inclinaison de tête, vous êtes les bienvenus, très cordialement. Si le bon roi, mon pauvre maître, n'avait tout à l'heure mis le cap sur les Sept-Îles, il aurait été heureux que vous soyez venus. Cela lui aurait rappelé sa jeunesse un instant… un instant. Et maintenant, il est grand temps de souper. Vous me raconterez toute votre affaire en grand conseil demain matin. Monsieur Glimfeather, veillez à ce que soient mis à la disposition de ces invités des chambres, des vêtements convenables et tout le reste, le mieux possible. Et… Glimfeather… à l'oreille…

Là, le nain plaça sa bouche tout près de la tête du hibou et il n'est pas douteux qu'il voulait chuchoter. Mais, comme tous les sourds, il n'était guère capable d'apprécier le volume de sa propre voix, et les deux enfants l'entendirent ajouter :

– Veillez à ce qu'ils soient bien lavés.

Après quoi, le nain agita légèrement ses rênes, et l'âne se mit en route vers le château à une allure entre trot et dandinement (c'était un petit animal vraiment gros), tandis que le faune, le hibou et les enfants suivaient un peu plus lentement. Le soleil s'était couché et l'air fraîchissait.

Ils traversèrent la pelouse, puis un verger, et arrivèrent ainsi à Cair Paravel par la porte nord, qui était grande ouverte. Ils trouvèrent à l'intérieur une cour gazonnée. Des lumières brillaient déjà aux fenêtres du grand hall, sur leur droite, et à celles, devant eux, d'une masse de bâtiments. C'est dans ces bâtiments que le hibou les fit pénétrer ; là, on fit venir pour s'occuper de Jill une personne particulièrement exquise. Pas beaucoup plus grande qu'elle, mais ayant visiblement achevé sa croissance, elle avait la grâce du saule qu'évoquait aussi sa chevelure, dans laquelle on aurait bien vu de la mousse. Elle conduisit la fillette dans une des tourelles, jusqu'à une chambre circulaire où une petite baignoire était creusée dans le sol. Un feu de rameaux agréablement odorants brûlait dans le foyer et, du plafond voûté, une lampe pendait à une chaîne d'argent. La fenêtre ouvrait à l'ouest sur l'étrange paysage de Narnia, et Jill voyait rougeoyer les derniers feux du couchant au loin, par-delà les montagnes. Elle en conçut un nouvel appétit d'aventures et la certitude que ce n'était là qu'un début.

Quand elle eut pris son bain, se fut brossé les cheveux, et qu'elle eut mis les vêtements qu'on avait sortis pour elle – des vêtements agréables non seulement à porter, mais à regarder, à sentir, et à entendre bruisser, aussi, quand on bougeait –, elle serait bien retournée à la fenêtre se laisser absorber par le spectacle fascinant du dehors si elle n'avait été interrompue par un coup frappé à la porte.

– Entrez, dit-elle.

Et Eustache entra, baigné lui aussi et splendidement paré d'atours narniens. Mais son visage ne semblait pas exprimer de satisfaction.

– Ah ! te voilà enfin ! dit-il brutalement en se jetant dans un fauteuil. Cela fait longtemps que je te cherche.

– Eh bien, tu m'as trouvée, lui répondit Jill. Dis donc, Scrubb, tout ça est tout simplement trop passionnant et trop délicieux pour qu'on puisse l'exprimer avec des mots, non ?

À cet instant, elle avait tout oublié des signes et du prince perdu.

– Ah ! Voilà donc ce que tu en penses ? dit Eustache.

Puis, après un silence :

– Par Dieu, j'aimerais bien que nous ne soyons jamais venus ici.

– Et pourquoi donc ?

– Je ne peux pas supporter ça, dit-il. Voir le roi… Caspian… devenu ce vieillard gâteux. C'est… c'est terrifiant.

– Pourquoi, qu'est-ce que ça peut te faire ?

– Oh ! tu ne peux pas comprendre. Maintenant que j'y pense, tu ne le peux pas. Je ne t'ai pas dit que, dans cet univers, le temps s'écoule différemment du nôtre.

– Qu'est-ce que tu veux dire ?

– Le temps qu'on passe ici ne compte pas du tout dans notre temps à nous. Tu vois ? Je veux dire, peu importe le temps que nous passons ici, quand nous serons de retour à l'établissement expérimental, nous nous retrouverons quand même au moment précis où nous l'avons quitté…

— Ce ne sera pas très drôle…

— Oh ! ferme-la ! Arrête de m'interrompre tout le temps. Et une fois en Angleterre – dans notre univers – on ne peut plus dire combien de temps s'écoule ici. En une seule année de chez nous, on ne sait combien d'années peuvent passer à Narnia. Les Pevensie m'avaient expliqué tout ça mais, comme un idiot, je l'avais oublié. Et là, il semble qu'environ soixante-dix ans se soient écoulés – des années narniennes – depuis la dernière fois que je suis venu. Tu comprends maintenant ? Et je reviens pour trouver Caspian vieilli, vieilli…

— Alors le roi était un de tes vieux amis ! s'exclama Jill.

Une idée horrible venait de lui traverser l'esprit.

— Ça, on peut le dire, lâcha Eustache, l'air piteux. Et même un aussi bon ami que possible. La dernière fois, il n'avait que quelques années de plus que moi. Voir ce vieillard à barbe blanche, et me rappeler Caspian tel qu'il était le matin où nous nous sommes emparés des îles Solitaires, ou lors du combat contre le serpent de mer… Oh ! c'est effrayant. C'est pire que de revenir pour le trouver mort.

— Oh ! tais-toi, lui rétorqua Jill avec impatience. C'est encore bien pire que tu ne le penses. On a loupé le premier signe.

Bien sûr, Eustache ne comprit pas. Alors, Jill lui parla de sa conversation avec Aslan, des quatre signes et de la tâche qui leur incombait, retrouver le prince perdu.

— Alors, tu vois, conclut-elle, tu as bien vu un vieil

ami, exactement comme Aslan l'avait dit, et tu aurais dû aller lui parler sur-le-champ. On a tout faux dès le départ.

— Mais comment aurais-je pu savoir ?

— Si seulement tu m'avais écoutée quand j'ai essayé de te le dire, tout se serait très bien passé.

— C'est ça, et si tu n'avais pas fait l'idiote au bord de cette falaise au point de manquer de très peu mon assassinat – oui, j'ai bien dit assassinat, et je le dirai autant qu'il me plaira, alors, du calme – nous serions arrivés en même temps, en sachant tous les deux ce qu'il fallait faire.

— Je suppose que c'était vraiment la première personne que tu voyais ici ? s'enquit Jill. Tu as dû être là des heures avant moi. Tu es sûr de n'avoir vu personne avant ?

— Je suis arrivé à peu près une minute avant toi, rectifia Eustache. Il doit t'avoir propulsée plus vite que moi. Pour rattraper le temps perdu : le temps que tu as perdu.

— Ne sois pas totalement mufle, Scrubb. Eh ! Qu'est-ce que c'est que ça ?

C'était la cloche du château qui sonnait pour le souper, et ainsi s'arrêta net, fort heureusement, ce qui menaçait de se transformer en bagarre mémorable. Tous deux avaient un solide appétit.

Le souper dans le grand hall du château fut la chose la plus splendide qu'ils aient jamais vue l'un et l'autre, car bien qu'Eustache soit déjà venu dans cet univers, il avait passé tout le temps de son séjour en mer et ne connaissait rien de la gloire et de la courtoisie des Narniens quand ils se trouvent dans leur propre pays. Des bannières pendaient du plafond, et chaque plat arrivait au son des trompettes et des timbales. Il y avait des soupes qui faisaient saliver rien que d'y penser, et ces poissons merveilleux qu'on appelle des *pavenders*, et du gibier, et du paon, et des tartes, et des glaces, et des gelées, et des fruits, et des noisettes, et toutes sortes de vins et de jus de fruits. Même Eustache en fut enthousiasmé, et admit que c'était quelque chose, comme on dit. Et quand chacun fut rassasié, un poète aveugle s'avança pour déclamer le grand conte ancien du prince Cor, d'Aravis et du cheval Bree, dont le titre est *Le Cheval et son écuyer*, récit d'une aventure qui eut lieu à Narnia, à Calormen et dans les terres qui les séparent, à l'Âge d'Or où le roi suprême, Peter, régnait à Cair Paravel (je n'ai pas le temps de vous la raconter maintenant, bien qu'elle vaille la peine d'être entendue).

Quand ils montèrent enfin se coucher, bâillant à s'en décrocher la mâchoire, Jill dit :

– Je crois que nous allons bien dormir, cette nuit.

Car leur journée avait été bien remplie.

Cela montre à quel point chacun peut se tromper sur ce qui l'attend.

Chapitre 4
Le grand conseil
des hiboux

C'est vraiment une chose curieuse : plus vous avez sommeil, et plus il vous faut de temps pour vous mettre au lit. Surtout si vous avez la chance d'avoir un feu allumé dans votre chambre. Jill eut l'impression qu'elle ne pourrait pas commencer à se déshabiller avant de s'être assise devant la cheminée un petit moment. Et une fois qu'elle se fut assise, elle n'eut plus envie de se relever. Elle s'était déjà dit cinq fois, environ : « Il faut que j'aille me coucher », quand elle sursauta en entendant frapper à la fenêtre.

Elle se leva, tira le rideau et, d'abord, ne vit rien d'autre que l'obscurité. Puis elle fit un bond en arrière, car quelque chose de très grand s'était jeté contre la fenêtre, en frappant en même temps un coup sec sur la vitre. Une idée très désagréable lui vint à l'esprit… « Et s'ils avaient des mites géantes dans ce pays ! Pouah ! » Mais, à cet instant, la chose revint et, cette fois, elle fut à peu près sûre d'avoir vu un bec, et que c'était ce bec qui avait fait le petit bruit en tapant.

« C'est un genre d'oiseau énorme, se dit Jill. Est-ce que ce ne serait pas un aigle ? » Elle n'avait pas très envie de recevoir la visite d'un aigle, mais elle ouvrit la fenêtre pour regarder au-dehors. Instantanément, avec un grand bruit d'ailes, l'animal vint se poser sur l'appui de la fenêtre et y resta campé, bouchant toute l'ouverture, si bien que la fillette dut reculer d'un pas pour lui faire de la place. C'était le hibou.

– Chut, chut ! Tou-wouh, tou-wouh ! Ne fais pas de bruit. Bon, est-ce que vous parliez sérieusement, tous les deux, à propos de ce que vous devez faire ?

– À propos du prince perdu, tu veux dire ? Oui, bien obligés.

Car elle se rappelait maintenant la voix et le visage du Lion, qu'elle avait presque oubliés pendant le festin.

– Bien ! Alors, il n'y a pas de temps à perdre. Vous devez partir d'ici sur l'heure. Je vais aller réveiller l'autre humain. Puis je reviendrai pour toi. Tu ferais mieux de quitter ces atours et de mettre des vêtements appropriés pour le voyage. Je serai de retour en moins de deux. Tou-wouh !

Et sans attendre de réponse, il était parti.

Si Jill avait été plus habituée aux aventures, peut-être aurait-elle mis en doute la parole du hibou, mais elle n'y songea pas un seul instant ; et même, excitée par la perspective d'une évasion en pleine nuit, elle en oublia qu'elle avait envie de dormir. Elle remit son pull et sa jupe-culotte – accroché à sa ceinture, il y avait un couteau suisse qui pourrait bien se révéler utile – et y ajouta quelques-unes des choses que la jeune fille aux cheveux de saule avait laissées pour elle dans la chambre. Elle opta pour une courte pèlerine qui lui tombait aux genoux et comportait un capuchon (« Exactement ce qu'il faut en cas de pluie », se dit-elle), quelques mouchoirs et un peigne. Puis elle s'assit et attendit.

Elle recommençait à avoir sommeil quand le hibou revint.

– Nous sommes prêts maintenant, dit-il.

– Tu ferais mieux de passer devant, lui conseilla Jill. Je ne connais pas encore tous ces couloirs.

– Tou-wouh ! On ne va pas traverser le château. Ça ne marcherait jamais. Tu dois monter sur mon dos. On va voler.

– Oh ! fit Jill, bouche bée.

Elle n'appréciait guère cette idée.

– Est-ce que je ne vais pas être beaucoup trop lourde pour toi ?

– Tou-wouh, tou-wouh ! Ne sois pas idiote. J'ai déjà transporté l'autre. Allons-y. Mais il faut d'abord éteindre cette lampe.

Dès que la lampe fut éteinte, le petit morceau de nuit qu'on voyait par la fenêtre parut moins sombre… il ne faisait plus noir, mais gris. Le hibou se dressa sur l'appui de la fenêtre, tournant le dos à la pièce, et ouvrit ses ailes. Jill dut se hisser sur son petit corps gras, glisser ses genoux sous ses ailes et s'agripper très fort. Les plumes étaient délicieusement tièdes et douces, mais il n'y avait rien pour s'accrocher. « Je me demande si Scrubb a apprécié son voyage ! »

pensa-t-elle. Et, à l'instant même où cette pensée lui
traversait l'esprit, ils quittèrent l'appui de la fenêtre en
un plongeon cauchemardesque : les ailes du hibou lui
fouettaient les oreilles et l'air de la nuit, humide et
froid, glissait sur son visage.

Il faisait beaucoup plus clair qu'elle ne s'y attendait
et, bien que le ciel fût bouché, une lueur faiblement
argentée révélait l'endroit où les nuages cachaient la
lune. En dessous d'elle, les champs paraissaient gris et
les arbres noirs. Le vent soufflait par courtes rafales, un
vent silencieux qui annonçait une pluie prochaine.

Le hibou fit demi-tour, et le château se trouva alors
devant eux. Il y avait très peu de fenêtres éclairées. Ils
le survolèrent en ligne droite, cap au nord, et passèrent
le fleuve. L'air fraîchit, et Jill crut apercevoir le reflet
blanc du hibou dans l'eau, mais ils furent bientôt sur la
rive nord du fleuve, survolant une contrée boisée.

Au passage, le hibou happa quelque chose que Jill ne put voir.

— Oh non, s'il te plaît ! supplia-t-elle. Ne donne pas de secousses comme ça. Tu as failli me faire tomber.

— Je te prie de m'excuser. J'attrapais juste une chauve-souris. Il n'y a rien de plus consistant, comme en-cas, qu'une belle petite chauve-souris bien dodue. Tu veux que je t'en attrape une ?

— Non, merci, répondit Jill avec un frisson.

Ils volaient plus bas maintenant, et quelque chose de grand et de sombre se dessina devant eux. Jill eut juste le temps de voir que c'était une tour — en partie ruinée et couverte de lierre, remarqua-t-elle — mais il lui fallut aussitôt se baisser pour éviter le linteau d'une

fenêtre, quand le hibou se faufila par une ouverture à demi obstruée par le lierre et les toiles d'araignée, laissant derrière eux la nuit fraîche et grise pour pénétrer dans un lieu obscur, au sommet de la tour. À l'intérieur, c'était plutôt poussiéreux et, à l'instant même où elle se laissa glisser à terre, elle fut certaine (comme il nous arrive sans qu'on sache comment) que l'endroit était bourré de monde. Et quand des voix venant de partout se mirent à émettre dans l'ombre des tou-wouh, tou-wouh ! elle sut que c'était bourré de hiboux. Elle fut plutôt soulagée d'entendre une voix bien différente lui demander :

– C'est toi, Pole ?

– C'est toi, Scrubb ? répondit-elle.

– Bon, dit Glimfeather, je pense que nous sommes tous là. Tenons notre grand conseil des hiboux.

– Tou-wouh, tou-wouh ! Bien dit. C'est la meilleure chose à faire, entendit-on de plusieurs côtés.

– Un petit instant, dit la voix d'Eustache. Il y a une chose que je voudrais dire d'abord.

– Parle, parle, parle, dirent les hiboux.

Et Jill ajouta :

– Vas-y.

– Je suppose, reprit Eustache, que tous, tant que vous êtes, les gars… les hiboux, je veux dire, je suppose que vous savez tous que le roi Caspian X, dans ses jeunes années, a navigué jusqu'à l'extrémité orientale du monde. Eh bien, j'étais avec lui tout au long de ce voyage, avec lui, avec Ripitchip la souris, le seigneur Drinian et tous les autres. Je sais que ça a l'air difficile à croire mais, dans notre univers, les gens ne vieillissent pas au même rythme que dans le vôtre. Et ce que je veux dire, c'est que je suis l'homme du roi, et que si ce grand conseil des hiboux cherche d'une manière ou d'une autre à fomenter un complot contre le roi, je n'ai rien à y faire.

— Tou-wouh, tou-wouh ! nous sommes tous les hiboux du roi, nous aussi, dirent-ils.

— De quoi s'agit-il, alors ? demanda Eustache.

— Seulement de ceci, répondit Glimfeather. Du fait que si le lord régent, le nain Trompillon, apprend que vous vous lancez à la recherche du prince perdu, il ne vous laissera pas partir. Il vous jetterait plutôt en prison.

— Grands dieux ! s'exclama Eustache. Vous ne voulez pas dire que Trompillon est un traître ? J'ai beaucoup entendu parler de lui, autrefois, en mer. Caspian – je veux dire le roi – avait en lui une confiance absolue.

— Oh non ! dit une voix. Trompillon n'a rien d'un traître. Seulement, plus de trente valeureux Narniens (des chevaliers, des centaures, de bons géants, des personnes de toutes sortes) sont partis à un moment ou un autre à la recherche du prince perdu, et aucun d'entre eux n'en est jamais revenu. Alors, le roi a fini par dire qu'il ne laisserait pas les plus braves de ses sujets disparaître jusqu'au dernier à la recherche de son fils. Et maintenant, plus personne n'est autorisé à partir.

— Mais il nous aurait sûrement laissés y aller, dit Eustache. Quand il aurait su qui j'étais et qui m'avait envoyé.

— Nous avait envoyés tous les deux, souffla Jill.

– Oui, répondit Glimfeather, très probablement, c'est ce qu'il aurait eu envie de faire, je crois. Mais le roi n'est pas là. Et Trompillon applique les règles à la lettre. Il est loyal comme l'acier, mais sourd comme un pot et très irascible. Vous ne lui feriez jamais comprendre que le moment est peut-être venu de faire exception à la règle.

– Vous pourriez penser, dit quelqu'un d'autre, qu'il nous accorderait quelque crédit, à nous, parce que nous sommes des hiboux et que tout le monde sait combien les hiboux sont de bon conseil. Mais il est maintenant si vieux qu'il se contenterait de dire : « Tu n'es qu'un oisillon. Je me souviens de toi quand tu n'étais encore qu'un œuf. Ne viens pas essayer de me faire la leçon, pas à *moi*, monsieur. Saperlipopette ! »

Ce hibou imitait assez bien la voix de Trompillon, et il y eut des rires. Les enfants sentaient bien que, dans leur ensemble, les Narniens éprouvaient pour Trompillon les sentiments qu'on a en classe pour un professeur bourru dont tout le monde a un peu peur, dont tout le monde se moque, mais que tout le monde aime bien.

– Combien de temps le roi va-t-il être parti ? demanda Eustache.

– Si seulement nous le savions ! répondit Glimfeather. Vous savez, une rumeur a couru récemment, disant qu'on avait vu Aslan lui-même dans les îles… Je crois que c'était à Térébinthe. Et le roi a dit qu'il ferait avant de mourir une nouvelle tentative pour revoir Aslan face à face et lui demander de lui conseiller quelqu'un pour régner après lui. Mais nous craignons tous que, s'il ne voit pas le Lion à Térébinthe, il continue vers l'est, jusqu'aux Sept-Îles, aux îles Solitaires… et ainsi de suite. Il n'en parle jamais, mais nous savons tous qu'il n'a jamais oublié ce voyage aux confins du monde. Je suis sûr que, tout au fond de son cœur, il veut retourner là-bas.

— Alors, cela ne sert à rien d'attendre son retour, dit Jill.

— Non, à rien, dit le hibou. Oh ! quelle affaire ! Si seulement, tous les deux, vous l'aviez reconnu et si vous étiez allés lui parler tout de suite ! Il aurait tout arrangé… Il vous aurait probablement donné une armée pour vous escorter.

Jill ne répondit rien et espéra qu'Eustache serait assez sport pour ne pas dire à tous les hiboux pourquoi cela ne s'était pas passé ainsi. Il le fut, à peu de chose près. C'est-à-dire qu'il se contenta de marmonner :

— Là, ce n'était pas ma faute.

Puis il ajouta à voix haute :

— Très bien. Nous devrons nous débrouiller autrement. Mais il y a encore une chose, une seule, que j'aimerais savoir. Si ce grand conseil des hiboux, comme vous dites, est totalement loyal, régulier et ne cache aucune mauvaise intention, pourquoi doit-il être entouré d'un tel luxe de discrétion… se réunir dans une ruine au plus noir de la nuit, et tout ça ?

— Tou-wouh, tou-wouh ! hululèrent plusieurs hiboux. Où donc pourrions-nous nous rencontrer ? Quand est-ce que les gens se rencontrent si ce n'est pas quand il fait nuit ?

– Vous savez, expliqua Glimfeather, la plupart des animaux de Narnia ont des habitudes bien étranges. Ils font des choses le jour, en pleine lumière, une lumière aveuglante (pouah !) au moment où tout le monde devrait dormir. Résultat, le soir, ils sont tout éblouis et si abrutis que vous ne pouvez en tirer un mot. Aussi nous, les hiboux, nous avons pris l'habitude de nous rencontrer à des heures convenables quand nous souhaitons parler de quelque chose.

– Je vois, dit Eustache. Eh bien, maintenant, reprenons. Parlez-nous du prince perdu.

Un vieux hibou prit alors la parole et raconta l'histoire.

Environ dix ans auparavant, selon son estimation, alors que Rilian, le fils de Caspian, était un très jeune chevalier, il partit à cheval avec sa mère, un matin de mai, dans les régions au nord de Narnia. Il y avait beaucoup d'écuyers et de dames avec eux, qui tous et toutes portaient des guirlandes de feuilles vertes sur la tête et une trompe à leur côté, mais ils n'étaient accompagnés d'aucun chien, car ils ne chassaient pas, mais célébraient le mois de mai. À l'heure la plus chaude de la journée, ils arrivèrent dans une agréable clairière où coulait une source d'eau fraîche jaillissant du sol, et là, ils mirent pied à terre, mangèrent, burent et se divertirent. Au bout d'un moment, la reine eut sommeil, et ils étendirent pour elle des capes sur la rive herbeuse, et le prince Rilian, avec le reste de la bande, s'éloigna un peu d'elle, pour que leurs contes et leurs rires ne la réveillent pas. Et alors, à ce moment-là, un énorme serpent sortit de la profondeur des bois et piqua la reine à la main. Tous l'entendirent crier et se précipitèrent vers elle, et Rilian fut le premier à son côté. Il vit le reptile s'éloigner d'elle en rampant à toute vitesse et le poursuivit, l'épée au clair. C'était un grand serpent, brillant, vert comme du poison, si bien qu'il put parfaitement le voir. Mais il se faufila dans des taillis épais et le prince ne put le rattraper. Aussi revint-il vers sa mère, pour trouver tout le monde très affairé autour d'elle. Mais c'était en vain car, au premier coup d'œil, Rilian vit sur son visage qu'aucune médecine au monde ne lui serait de quelque secours. Tant qu'il subsista un peu de vie en elle, elle sembla faire des efforts désespérés pour lui dire quelque chose. Mais elle ne put parler clairement et, quel que soit le message, elle mourut sans avoir pu le transmettre. Il y avait alors à peine dix minutes qu'ils l'avaient entendue crier.

Ils ramenèrent la reine morte à Cair Paravel, et elle fut amèrement pleurée par Rilian, par le roi et par tout le peuple de Narnia. C'était une grande dame, sage, gracieuse, heureuse de vivre, cette épouse que le roi Caspian avait ramenée de l'extrémité orientale du monde. Et certains hommes disaient que le sang des étoiles coulait dans ses veines. Le prince ressentit très durement la mort de sa mère, on le comprend. Par la suite, il allait sans cesse chevaucher aux frontières nord de Narnia, pour traquer cet abominable reptile venimeux : il voulait le tuer pour se sentir vengé. Personne n'y prêta vraiment attention, bien qu'en revenant de ces errances le prince eût l'air épuisé et absent. Mais, environ un mois après la mort de la reine, certains dirent qu'ils percevaient en lui un changement. L'expression de son regard évoquait un homme en proie à des visions et, bien qu'il restât parti des journées entières, son cheval ne portait pas les marques d'une chevauchée éprouvante. Son meilleur ami parmi les plus anciens courtisans était le seigneur Drinian, celui-là même qui avait été le capitaine du bateau de son père lors de cette grande expédition vers les parties orientales du monde.

Un soir, Drinian dit au prince :

– Votre Altesse devrait maintenant cesser de chercher ce serpent. D'une bête sans âme, on ne peut vraiment se venger comme on pourrait le faire d'un homme. Vous vous épuisez en vain.

– Cher seigneur, j'ai presque oublié le serpent ces sept derniers jours.

Drinian lui demanda alors pourquoi, s'il en était ainsi, il continuait à arpenter à cheval les forêts du Nord.

– Mon cher seigneur, lui répondit le prince, j'ai vu là-bas la plus belle créature qui ait jamais été conçue.

– Mon beau prince, serait-ce un effet de votre

courtoisie de me laisser partir avec vous demain, afin que je puisse, moi aussi, voir cette belle créature ?

– Bien volontiers.

Aussi, de bonne heure le matin suivant, ils sellèrent leurs chevaux, s'enfoncèrent au grand galop dans les forêts du Nord, et mirent pied à terre près de cette source même où la reine avait connu la mort. Drinian trouva étrange que, parmi tous les endroits possibles, le prince choisisse celui-là pour s'y attarder. Et là, ils se reposèrent jusqu'à ce que le soleil ait atteint son zénith ; alors, Drinian leva les yeux et vit la plus belle dame qu'il eût jamais contemplée. Elle se tenait au nord de la source et, sans dire un mot, fit au prince un signe de la main comme si elle l'invitait à la rejoindre. Elle était grande, magnifique, étincelante et drapée dans un fin vêtement, d'un vert vénéneux. Et le prince la fixait comme un homme ayant perdu la raison. Mais soudain, la dame disparut, Drinian ne savait où, et ils retournèrent tous deux à Cair Paravel. Drinian ne parvenait pas à s'ôter de la tête que cette étincelante femme en vert était un être maléfique.

Il se demanda avec anxiété s'il ne devait pas raconter cette aventure au roi mais, peu enclin à se comporter en mouchard et en colporteur de ragots, il tint sa langue. Après coup, il regretta de ne pas avoir parlé. Car le jour suivant, le prince Rilian repartit à cheval, seul. Ce soir-là, il ne revint point et, à compter de ce moment, on ne retrouva jamais trace de lui, ni à Narnia, ni dans aucune contrée avoisinante, et ni son cheval, ni son chapeau, ni son manteau, ni rien d'autre ne fut jamais retrouvé. Alors, poussé par l'amertume de son cœur, Drinian alla dire à Caspian :

– Mon seigneur le roi, exécutez-moi promptement pour haute trahison : car mon silence a causé la perte de votre fils.

Et de lui conter toute l'histoire. Alors, Caspian se saisit d'une hache de guerre et se rua vers le seigneur Drinian pour le tuer, et celui-ci resta immobile comme une souche en attendant le coup fatal.

Mais Caspian jeta soudain la hache loin de lui en gémissant :

– J'ai perdu ma reine et mon fils, faut-il encore que je perde mon ami ?

Il s'effondra sur l'épaule du seigneur Drinian, ils s'étreignirent et pleurèrent tous deux, et leur amitié ne fut pas brisée.

Telle était l'histoire de Rilian. Et, quand elle fut finie, Jill dit :

– Je suis prête à parier que ce serpent et cette femme ne faisaient qu'une seule et même personne.

– Pour sûr, pour sûr, nous le pensons comme vous, hululèrent les hiboux.

– Mais nous ne pensons pas qu'elle ait tué le prince, précisa Glimfeather. Pas d'ossements…

– Nous savons qu'elle ne l'a pas fait, dit Eustache. Aslan a dit à Pole qu'il était toujours en vie quelque part.

– C'est presque pire, fit observer le plus vieux des hiboux. Cela veut dire qu'elle a quelque dessein de se servir de lui, et un plan secret contre Narnia. Il y a longtemps, très longtemps, au tout début, une sorcière blanche venue du Nord a emprisonné notre pays dans la neige et la glace pour cent ans. Et nous pensons que celle-là pourrait bien être de la même engeance.

– Très bien, donc, dit Eustache, Pole et moi avons reçu pour mission de retrouver le prince. Pouvez-vous nous aider ?

– Est-ce que vous avez quelques indices, vous deux ? demanda Glimfeather.

– Oui, nous savons que nous devons aller vers le nord. Jusqu'aux ruines d'une cité géante.

Sur ce, il y eut un hululement général plus fort que jamais, des piétinements et des bruits d'ailes qu'on agitait, puis tous les hiboux se mirent à parler en même temps. Ils expliquaient tous combien ils étaient navrés de ne pouvoir eux-mêmes partir avec les enfants à la recherche du prince perdu.

– Vous préféreriez voyager de jour, et nous de nuit, dirent-ils. Ça ne marcherait pas, ça ne marcherait pas.

Un ou deux hiboux ajoutèrent que même là, dans la tour en ruine, il ne faisait plus du tout aussi sombre que quand ils avaient commencé, et que le grand conseil avait duré bien assez longtemps. En fait, la simple allusion à une expédition dans les ruines de la cité des Anciens Géants semblait avoir douché l'enthousiasme des oiseaux. Mais Glimfeather dit :

– S'ils veulent partir dans cette direction – jusqu'à Ettinsmoor –, nous devons les emmener voir un des touille-marais. Ce sont les seuls qui puissent vraiment les aider.

– Exact, exact. Allez, dirent les hiboux.

– Allons-y, alors, dit Glimfeather. J'en prends un. Qui va prendre l'autre ? Il faut que ce soit fait cette nuit même.

– J'y vais, mais seulement jusqu'aux touille-marais, dit un autre hibou.

– Tu es prête ? demanda Glimfeather à Jill.

– Je crois que Pole s'est endormie, répondit Eustache.

Chapitre 5

Puddlegum

Jill dormait. Depuis qu'avait commencé le grand conseil des hiboux, elle n'avait cessé de bâiller et là, elle avait sombré dans le sommeil. Elle ne fut pas contente du tout d'être réveillée, de constater qu'elle était allongée sur des planches de bois brut dans une sorte de beffroi poussiéreux, totalement obscur et presque complètement rempli de hiboux. Elle fut encore moins enchantée d'apprendre qu'il leur fallait partir pour un autre endroit – apparemment pas pour aller se coucher – et toujours sur le dos du hibou.

— Oh ! allons, Pole, dépêche-toi, lui dit la voix d'Eustache. Après tout, il s'agit d'une aventure.

— J'en ai marre des aventures, répondit-elle sèchement.

Elle consentit pourtant à remonter sur le dos de Glimfeather et, quand il s'envola avec elle dans la nuit, elle se trouva tout à fait réveillée (un court instant) par la fraîcheur inattendue de l'air. La lune avait disparu et il n'y avait pas d'étoiles. Loin derrière elle, elle voyait une seule fenêtre allumée, très haut au-dessus du sol, sans aucun doute dans une des tours de Cair Paravel. Cela lui donna envie de revenir dans cette chambre délicieuse et de se pelotonner dans son lit en regardant danser la lueur des flammes sur le mur. Elle glissa les mains sous sa pèlerine pour l'enrouler autour d'elle, très serrée. C'était incroyable d'entendre deux voix dans le ciel obscur, à quelque distance. Eustache et son hibou bavardaient. « Il n'a pas l'air fatigué, *lui* », pensa Jill. Elle ne pouvait savoir que, comme il avait déjà vécu de grandes aventures dans cet univers, l'air narnien lui rendait une force acquise lorsqu'il avait navigué dans les mers orientales avec le roi Caspian.

Jill devait se pincer pour rester éveillée, car elle savait que si elle s'endormait sur le dos de Glimfeather, elle risquait de tomber. Quand les deux hiboux arrivèrent enfin au terme de leur vol, elle mit pied à terre, tout engourdie, et se trouva sur un terrain plat. Un vent froid balayait cet endroit apparemment dépourvu d'arbres.

– Tou-wouh, tou-wouh ! appela Glimfeather. Réveille-toi, Puddlegum, réveille-toi. Un truc à faire pour le Lion.

Pendant un long moment, il n'y eut aucune réponse. Puis une faible lueur apparut dans le lointain, et se rapprocha progressivement. Enfin, on entendit une voix :

– Ohé, les hiboux ! disait cette voix. Que se passe-t-il ? Le roi est mort ? Un ennemi a débarqué à Narnia ? Il y a une inondation ? Des dragons ?

En les atteignant, la lumière se révéla être celle d'une grosse lanterne. Jill ne voyait pas grand-chose de la personne qui la tenait, et qui semblait tout en jambes et en bras. Les hiboux lui parlaient, lui expliquaient tout, mais Jill était trop fatiguée pour écouter. Elle fit un effort pour se réveiller un peu quand elle se rendit compte que les hiboux étaient en train de lui dire au revoir. Mais, par la suite, elle ne parvint jamais à se rappeler grand-chose, sauf le moment où Eustache et elle se penchèrent pour passer une porte basse, puis (Oh! Dieu soit béni!) se couchèrent sur quelque chose de doux et de tiède, tandis qu'une voix leur disait :

– Vous voilà arrivés. Le mieux que je puisse faire. Vous serez couchés à la dure et il va faire froid. Humide, en plus, ça n'aurait rien pour m'étonner. Probablement que vous ne fermerez pas l'œil de la nuit,

même s'il n'y a pas d'orage ou d'inondation, même si aucun wigwam ne s'effondre sur nous tous, comme j'ai appris que cela s'est produit. Il vous faudra bien vous en accommoder…

Mais Jill était déjà profondément endormie avant que la voix ne se fût tue.

Le matin suivant, quand les enfants s'éveillèrent, ils se retrouvèrent étendus, bien au sec et au chaud, sur des couches de chaume, dans un endroit sombre. Une ouverture triangulaire laissait entrer la lumière du jour.

– Où diable sommes-nous ? demanda Jill.

– Dans le wigwam d'un touille-marais, lui répondit Eustache.

– D'un quoi ?

– D'un touille-marais. Ne me demande pas ce que c'est. Je n'ai pas réussi à le voir la nuit dernière. Je me lève. Allons voir où il est.

– Ce qu'on se sent dégoûtant quand on a dormi dans ses vêtements, remarqua la fillette.

– J'étais justement en train de me dire que c'était super de ne pas avoir à s'habiller.

– Ni à se laver, je suppose, ajouta-t-elle d'un air méprisant.

Mais Eustache s'était déjà levé, avait bâillé, s'était secoué et, à quatre pattes, il était sorti du wigwam. Jill en fit autant.

Ce qu'ils trouvèrent à l'extérieur n'avait rien à voir avec le petit aperçu de Narnia qu'ils avaient eu la veille. Ils étaient sur une grande plaine plate, découpée en d'innombrables îlots par d'innombrables canaux

73

remplis d'eau. Ces îlots étaient couverts d'une herbe grossière et bordés de joncs et de roseaux. À certains endroits, il y avait des joncs sur près d'un demi-hectare. Des nuées d'oiseaux ne cessaient de s'y poser et de s'envoler de nouveau, des canards, des bécasses, des butors, des hérons. On pouvait voir, çà et là, beaucoup de wigwams comme celui où ils avaient passé la nuit, mais à une bonne distance les uns des autres, car les touille-marais sont des gens qui aiment qu'on respecte leur vie privée. Aucun arbre en vue, sauf à la lisière de la forêt, à plusieurs kilomètres au sud-ouest de l'endroit où ils se trouvaient. Vers l'est, le plat marais s'étendait jusqu'à des dunes de sable qui bornaient l'horizon, et le vent venant de cette direction était chargé de sel, laissant deviner que la mer se trouvait derrière. Vers le nord, il y avait des collines basses aux couleurs pâles et, par endroits, des rochers. Tout le reste n'était qu'un plat marécage. Un soir de pluie ou de brume, ce lieu aurait été déprimant. Sous un soleil matinal, alors que soufflait un vent frais, que l'air était empli du cri des oiseaux, il y avait dans cette solitude quelque chose de beau, de pur, de propre. Cela remonta le moral des enfants.

– Je me demande où a bien pu passer le machin-truc, dit Jill.

– Le touille-marais, la reprit Eustache, comme s'il était plutôt fier de connaître ce mot. Je m'attends à ce que… oh, ça doit être lui.

Ils l'aperçurent tous les deux, de dos, assis en train de pêcher, à environ cinquante mètres. On avait

d'abord du mal à le voir car il était à peu près de la
même couleur que le marais et il se tenait complètement immobile.

– Je pense qu'il vaudrait mieux aller lui parler, dit
Jill.

Eustache acquiesça. Tous deux se sentaient un peu
nerveux.

Alors qu'ils s'approchaient, le personnage tourna la
tête, leur révélant un long visage mince aux joues plutôt creuses, une bouche aux lèvres étroitement serrées,
un grand nez et pas de barbe du tout. Il portait un haut
chapeau, pointu comme un clocher, avec un énorme
bord plat. Les cheveux, si on peut appeler ça des cheveux, qui passaient par-dessus ses grandes oreilles,
étaient gris-vert, et chaque mèche était, non pas
ronde, mais plate, si bien que cela faisait comme de
tout petits joncs. Il avait une expression solennelle, un
teint grisâtre, et l'on pouvait affirmer tout de suite qu'il
se faisait de la vie une idée sérieuse.

– Bonjour, les invités, dit-il. Encore que quand je dis
« bon » jour, je ne veux pas dire par là que le temps ne
se mettra pas à la pluie, à moins que ce ne soit de la
neige, de la brume, ou du tonnerre. Vous n'avez pas
dormi du tout, à coup sûr.

– Si, au contraire, répliqua Jill. Nous avons passé
une excellente nuit.

– Ah ! dit le touille-marais en secouant la tête. Je
vois que vous faites contre mauvaise fortune bon cœur.
C'est bien. Vous avez été bien élevés, c'est sûr. On vous
a appris à voir le bon côté des choses.

– S'il vous plaît, nous ne connaissons pas votre nom,
dit Eustache.

– Puddlegum, c'est comme ça que je m'appelle. Mais
si vous l'oubliez, ce n'est pas grave. Je peux toujours
vous le redire.

Les enfants s'assirent à ses côtés. Ils pouvaient maintenant voir qu'il avait de très longues jambes et de très
longs bras, ce qui faisait que, alors que son corps n'était
guère plus grand que celui d'un nain, il était, une fois
debout, plus haut que la plupart des hommes. Les
doigts de ses mains étaient palmés comme ceux d'une
grenouille, de même que ses pieds nus qu'il laissait
pendre dans l'eau boueuse. Il était vêtu de vêtements
couleur de terre qui flottaient autour de lui.

– J'essaie d'attraper quelques anguilles pour en faire
un ragoût pour notre déjeuner, dit Puddlegum. Mais je
n'en attraperais aucune que ça ne m'étonnerait pas. Et,
si j'en attrape, vous n'aimerez pas beaucoup ça.

– Pourquoi pas ? demanda Eustache.

– Eh bien, on ne peut pas raisonnablement s'attendre à ce que vous aimiez notre genre de mangeaille, bien que, j'en suis sûr, vous lui ferez bonne figure. Tout de même, pendant que je m'occupe de la pêche, peut-être que vous pourriez tous les deux essayer d'allumer le feu… Ça ne coûte rien d'essayer ! Le bois est derrière le wigwam. Il est peut-être mouillé. Vous pouvez l'allumer à l'intérieur du wigwam, et alors, on aura toute la fumée dans les yeux. Ou bien dehors, et alors la pluie viendra l'éteindre. Voici mon briquet à amadou. Vous ne devez pas savoir vous en servir, je pense.

Mais c'était le genre de choses qu'Eustache avait apprises lors de sa dernière aventure. Les enfants retournèrent au wigwam en courant, trouvèrent le bois (qui était parfaitement sec) et réussirent à allumer un feu avec plutôt moins de difficultés qu'on en rencontre d'habitude. Puis Eustache s'assit pour l'entretenir pendant que Jill allait faire un brin de toilette – pas vraiment agréable – dans le canal le plus proche. Après quoi, elle veilla sur le feu et Eustache fit à son tour sa toilette. Tous deux se sentirent ensuite beaucoup plus frais, mais très affamés.

À cet instant, le touille-marais les rejoignit. Bien qu'il se fût attendu à n'attraper aucune anguille, il en rapportait une bonne douzaine, déjà dépouillées et vidées. Il posa une grosse marmite sur le feu, le ranima et alluma sa pipe. Les touille-marais fument un tabac d'un genre très étrange, très lourd (certains disent qu'ils y mêlent de la boue) et les enfants remarquèrent que la fumée sortant de la pipe de Puddlegum ne s'élevait

presque pas dans l'air. Elle coulait du fourneau vers le bas et dérivait au ras du sol comme une brume. Elle était très noire et fit tousser Eustache.

– Bon, dit Puddlegum, ces anguilles vont mettre si longtemps à cuire que c'en est mortel, et l'un de vous deux pourrait bien s'évanouir d'inanition avant qu'elles soient prêtes. Je connaissais une petite fille… Mais je ferais mieux de ne pas vous raconter cette histoire. Elle pourrait vous saper le moral, et ça, c'est une chose que je ne fais jamais. Alors, pour vous faire penser à autre chose qu'à votre faim, on pourrait tout aussi bien discuter de nos projets.

– Oui, d'accord, parlons-en, dit Jill. Pouvez-vous nous aider à retrouver le prince Rilian ?

Le touille-marais ravala ses joues jusqu'à ce qu'elles soient plus creuses que tout ce qu'on aurait pu imaginer.

– Eh bien, je crois que vous ne devriez pas appeler ça aider, dit-il. Je ne crois pas que personne puisse vraiment aider. Il tombe sous le sens qu'on a peu de chances d'aller très loin si on voyage vers le nord, à cette époque de l'année, avec l'hiver qui va bientôt arriver, tout ça. Et un hiver précoce, en plus, à ce qu'il semble. Mais il ne faut pas vous laisser décourager. Il y a de bonnes chances, avec ce qu'on va trouver d'ennemis, de montagnes et de rivières à traverser, en perdant notre chemin et avec rien à manger, en plus, et les pieds qui font mal, pour qu'on fasse à peine attention au temps qu'il fera. Et si on ne va pas assez loin pour que ça serve à quelque chose, on peut toujours aller assez loin pour mettre du temps à revenir.

Les enfants notèrent qu'il ne disait pas « vous » mais « nous ». Ils s'exclamèrent tous les deux en même temps :

– Vous venez avec nous ?

– Oh oui, sûrement que je viens. Tant qu'à faire, vous savez. Je ne crois pas qu'on reverra jamais le roi à Narnia, maintenant qu'il est parti pour les contrées étrangères ; en plus, il avait une mauvaise toux quand il est parti. Et puis, il y a Trompillon. Il décline à toute vitesse. Et vous pourrez voir qu'on a eu une mauvaise récolte après ce terrible hiver de sécheresse. Et ça ne m'étonnerait pas que des ennemis viennent nous attaquer. Notez bien ce que je vous dis.

– Et par où va-t-on commencer ? demanda Eustache.

– Eh bien, répondit très lentement le touille-marais, tous ceux qui sont allés à la recherche du prince Rilian sont partis de la source, celle-là même près de laquelle le seigneur Drinian avait vu la dame. Ils sont allés vers le nord, surtout. Et comme aucun d'eux n'est jamais revenu, on ne peut pas dire exactement où ils sont allés après.

– On doit commencer par trouver les ruines d'une cité de géants, expliqua Jill. C'est ce qu'a dit Aslan.

– Commencer par la trouver, c'est ça ? demanda Puddlegum. Je suppose qu'on ne peut pas commencer par la chercher ?

– Bien sûr, c'est ce que je voulais dire, acquiesça Jill. Et puis, quand on l'aura trouvée…

– Oui, quand ! coupa sobrement Puddlegum.

– Il n'y a pas quelqu'un qui sache où ça se trouve ? demanda Eustache.

– Pour ce qui est de quelqu'un, je ne sais pas, dit Puddlegum. Et je ne dis pas que j'ai jamais entendu parler de cette cité en ruine. Mais faudrait pas que vous partiez de la source. Faut que vous traversiez Ettinsmoor. Si elle est quelque part, la cité des Ruines, c'est là. Mais, dans cette direction, je suis allé aussi loin que la plupart des gens et je ne suis jamais arrivé à des ruines, alors, je ne vais pas vous raconter d'histoires.

– Où se trouve Ettinsmoor ? demanda Eustache.

– Regardez par là-bas, vers le nord, dit Puddlegum en indiquant la direction avec sa pipe. Vous voyez ces collines et ces parois rocheuses ? C'est là que ça commence, Ettinsmoor. Mais il y a une rivière à traverser : la Shribble. Pas de pont, bien sûr.

— Mais on peut peut-être la traverser à gué ? hasarda Eustache.

— Ben, on l'a traversée à gué, admit le touille-marais.

— Peut-être qu'on rencontrera à Ettinsmoor des gens qui pourront nous indiquer le chemin, dit Jill.

— Vous avez raison, on va rencontrer des gens.

— Quel genre de gens vivent là-bas ?

— C'est pas à moi de dire qu'ils ne sont pas très bien dans leur genre à eux. Si vous aimez ce genre-là.

— D'accord, mais qu'est-ce qu'ils sont ? insista Jill. Il y a tant de créatures bizarres dans ce pays. Je veux dire, ce sont des animaux, des oiseaux, des nains, ou quoi ?

Le touille-marais émit un long sifflement.

— Pfiouououou ! Vous ne savez pas ? Je pensais que les hiboux vous l'avaient dit. Ce sont des géants.

Jill tressaillit. Elle n'avait jamais aimé les géants, même dans les livres, et elle en avait rencontré un, une fois, dans un de ses cauchemars. Puis elle vit que le visage d'Eustache avait plus ou moins viré au vert, et se dit : « Je parie qu'il a encore plus la trouille que moi. » Du coup, elle se sentit plus courageuse.

— Il y a longtemps, dit Eustache, à l'époque où j'étais en mer avec lui, le roi m'a dit qu'il avait sacrément bien battu ces géants à la guerre et qu'il les avait forcés à lui payer tribut.

— C'est un peu vrai, dit Puddlegum. Ils sont en paix avec nous, ça oui. Tant que nous restons de notre côté de la Shribble, ils ne nous font aucun mal. Au-delà, de leur côté, sur la lande… Même maintenant, il y a toujours un risque. Si on ne s'approche d'aucun d'entre eux, si aucun d'entre eux ne se laisse aller et si on ne se fait pas voir, il est tout juste possible qu'on arrive à faire un bon bout de chemin.

– Écoutez un peu ! dit Eustache, perdant soudain son calme comme ont souvent tendance à le faire les gens qui viennent d'avoir peur. Je ne crois pas que toute cette affaire puisse se présenter moitié aussi mal que vous le prétendez, pas plus que les lits n'étaient durs dans le wigwam ni le bois humide. Je ne crois pas qu'Aslan nous aurait confié cette mission si on avait aussi peu de chances que ça.

Il s'attendait à ce que le touille-marais lui fît une réponse irritée, mais Puddlegum se contenta de dire :

– C'est ça, avoir le moral, Scrubb. C'est comme ça qu'il faut parler. Faites bonne figure. Mais nous devons tous faire très attention à ne pas perdre notre calme, vu tous les moments difficiles que nous allons devoir traverser ensemble. Ça ne sert à rien de se disputer, vous savez. Enfin, du moins, ne commencez pas trop tôt. Je sais que ces expéditions se terminent ainsi d'habitude : on finirait par échanger des coups de couteau que ça n'aurait rien pour m'étonner. Mais plus longtemps on pourra l'éviter…

– Bon, eh bien, si vous trouvez que c'est tellement sans espoir, l'interrompit Eustache, je crois que vous feriez mieux de rester. Pole et moi pouvons continuer tout seuls, pas vrai, Pole ?

– Ferme-la et ne sois pas idiot, Scrubb, se hâta de dire Jill, terrifiée à l'idée que le touille-marais pût le prendre au mot.

– N'allez pas vous décourager, Pole. Je viens, c'est sûr et certain. Je ne vais pas louper une occasion comme celle-là. Ça me fera du bien. Tout le monde raconte – je veux dire, tous les autres touilles racontent – que je suis trop tête en l'air, que je ne prends pas la vie assez au sérieux. S'ils l'ont pas dit mille fois, ils l'ont jamais dit. « Puddlegum, ils me répétaient, tu es trop plein de fantaisie, de tonus, trop optimiste. Il faut que tu saches que la vie ne se réduit pas à des fricassées de grenouilles et à des tourtes aux anguilles. Tu as besoin d'un truc qui te dégrise un peu. C'est pour ton bien qu'on te dit ça, Puddlegum. » Voilà ce qu'ils disent. Alors, un boulot comme celui-là – un voyage vers le nord juste au moment où l'hiver commence, à la recherche d'un prince qui n'y est probablement pas, en passant par les ruines d'une ville que personne n'a jamais vue – c'est juste ce qu'il me faut. Si ça ne met pas à un gars du plomb dans la tête, je ne vois pas ce qui pourra le faire.

Et il frotta l'une contre l'autre ses deux grandes mains palmées comme s'il parlait d'aller à une soirée ou à une pantomime.

– Et maintenant, ajouta-t-il, voyons comment se présentent ces anguilles.

Le repas se révéla délicieux, et les deux enfants se servirent largement. Au début, le touille-marais ne voulait pas croire qu'ils aimaient vraiment sa cuisine, mais ils mangèrent tellement qu'il fut bien obligé de l'admettre. Même alors, il se contenta de dire que, selon toute probabilité, cela les rendrait horriblement malades.

– Ce qui est nourriture pour les touilles, je serais pas étonné que ce soit du poison pour les humains, dit-il.

Après le repas, ils burent du thé dans des quarts en métal (comme les hommes qui travaillent sur des chantiers), et Puddlegum prit pas mal de gorgées d'une bouteille noire et carrée. Il en offrit un peu aux enfants, mais ils trouvèrent ça très mauvais.

Le reste de la journée se passa en préparatifs pour un départ matinal le lendemain. Étant de loin le plus grand, Puddlegum déclara qu'il porterait trois couvertures, avec un gros jambon roulé à l'intérieur. Jill se chargerait des restes d'anguilles et du briquet d'amadou. Eustache porterait sa propre pèlerine et celle de Jill. Le garçon (qui avait un peu appris à tirer à l'arc quand il voguait vers l'est sous les ordres de Caspian) serait chargé en outre de l'arc de rechange de Puddlegum qui, lui, avait décidé d'emporter son meilleur arc, tout en protestant que, avec le vent, les cordes humides, la lumière insuffisante et les doigts engourdis par le froid, il n'y avait qu'une chance sur cent que l'un d'eux pût atteindre un gibier quelconque. Tous deux avaient des épées – Eustache avait apporté celle qu'on avait mise à sa disposition dans sa chambre à Cair Paravel, mais Jill devrait se contenter de son couteau. Il faillit y avoir une dispute entre eux à ce propos mais, dès que le ton commença à monter, le touille se frotta les mains en disant :

– Ah ! nous y voilà. C'est bien ce que je pensais. C'est ce qui arrive, d'habitude, quand on part à l'aventure.

Ce qui leur cloua le bec.

Ils se couchèrent tôt. Cette fois, les enfants passèrent réellement une assez mauvaise nuit. Car Puddlegum, après avoir dit : « Vous feriez bien d'essayer de dormir, vous deux ; en fait, je ne crois pas qu'un seul d'entre nous pourra fermer l'œil cette nuit », se mit immédiatement à ronfler de façon si sonore et si régulière que, quand Jill réussit enfin à s'endormir, elle rêva de marteaux piqueurs, de chutes d'eau, et qu'elle était à bord d'un train express dans un tunnel.

Chapitre 6

Les terres sauvages
et désolées du Nord

Vers les neuf heures, le lendemain matin, on pouvait voir trois silhouettes solitaires avancer précautionneusement pour traverser la Shribble en empruntant les hauts-fonds et en sautant de pierre en pierre. C'était un cours d'eau bruyant, peu profond, et Jill elle-même n'était pas mouillée plus haut que les genoux quand ils parvinrent sur la rive nord. Devant eux, à environ cinquante mètres, le sol s'élevait jusqu'à l'endroit où commençait la lande, une pente escarpée, avec pas mal d'à-pics.

— Je suppose que c'est par là qu'on passe ? dit Eustache en montrant à gauche, vers l'est, une gorge peu profonde par où s'écoulait un torrent.

Mais le touille-marais secoua la tête.

— La plupart des géants vivent près de cette gorge. Autant dire qu'elle est comme une rue pour eux. On a intérêt à aller tout droit, même si c'est un peu raide.

Ils trouvèrent un endroit où ils pouvaient grimper et, au bout de dix minutes environ, se retrouvèrent en haut, essoufflés. Ils jetèrent un regard nostalgique en arrière, sur la contrée vallonnée de Narnia, puis se tournèrent face au nord. La vaste lande déserte s'étendait devant eux à perte de vue. Sur leur gauche, le sol était plus rocheux. Jill se dit que ce devait être le bord de la gorge aux géants, et ne tenait guère à regarder dans cette direction. Ils se mirent en route.

Le jour d'hiver était éclairé par un pâle soleil et il était agréable de marcher sur cette terre souple. À mesure qu'ils s'enfonçaient dans la lande, l'impression de solitude s'accentua. On entendait des vanneaux et, de temps à autre, on voyait un faucon. Quand, au milieu du jour, pour se reposer et se désaltérer, ils firent halte dans une petite clairière à côté d'un cours d'eau, Jill commençait à se dire qu'elle pourrait bien apprécier les aventures après tout, et elle en fit la réflexion à voix haute.

– On n'en a pas encore eu, répondit le touille-marais.

La marche qu'on reprend après une première halte – comme les matins d'école après la récréation ou les voyages en train après une correspondance – ne se passe jamais comme avant qu'on se soit arrêté. Quand ils se remirent en route, Jill remarqua que le bord rocheux de la gorge s'était rapproché. Que les rochers se dressaient plus haut qu'auparavant. Ils étaient, en fait, comme de petites tours de pierre. Et quelles drôles de formes ils avaient !

« Je crois bien, se dit Jill, que toutes ces histoires de géants pourraient bien venir de ces drôles de rochers. Si on venait ici à la tombée de la nuit, on pourrait facilement prendre ces tas de cailloux pour des géants. Non, mais regardez un peu celui-là ! On pourrait presque imaginer que cette bosse au sommet est une tête. Elle serait un peu trop grande pour le corps, mais cela irait assez bien pour un géant difforme. Et ces broussailles – je suppose qu'en fait, c'est de la bruyère avec des nids d'oiseaux – feraient l'affaire pour la barbe et les cheveux. Et puis les trucs qui dépassent de chaque côté ressemblent tout à fait à des oreilles. Des oreilles horriblement grandes, mais les géants ont de grandes oreilles, comme celles des éléphants. Et… Oooh !… »

Son sang se glaça. La chose s'était mise en mouvement. C'était vraiment un géant. Pas d'erreur, elle l'avait vu tourner la tête. Elle avait aperçu en un clin d'œil le grand visage stupide aux joues gonflées. Toutes ces choses étaient des géants, pas des rochers. Il y en avait quarante ou cinquante, tous alignés, les pieds au fond de la gorge et les coudes posés sur le bord, exactement comme des hommes appuyés contre un mur… des hommes oisifs, par un matin ensoleillé, après le petit déjeuner.

– Continuez tout droit, souffla Puddlegum qui les avait repérés, lui aussi. Ne les regardez pas. Et, quoi qu'il arrive, ne courez pas. Ils nous auraient tous rattrapés en un instant.

Aussi continuèrent-ils, faisant comme s'ils n'avaient pas vu les géants. C'était comme de franchir la porte d'une maison où se trouve un chien féroce, mais en bien pire. Il y avait des dizaines et des dizaines de ces géants. Ils n'avaient pas l'air fâchés... ni gentils... ni intéressés du tout. Aucun signe n'indiquait qu'ils aient vu les voyageurs.

Puis – ouizz... ouizz... ouizz ! – des objets lourds se mirent à fendre l'air et, avec un grand bruit, un gros boulet vint s'écraser à moins de trente pas devant eux. Puis – boum ! – un autre tomba à dix mètres derrière eux.

– Est-ce que c'est nous qu'ils visent ? demanda Eustache.

– Non, répondit Puddlegum. On aurait beaucoup moins à craindre dans ce cas-là. Ils essaient de toucher ça... ce tas de pierres, là-bas sur la droite. Ils ne le toucheront pas, vous savez. C'est assez sûr, ce sont de si mauvais tireurs ! Ils jouent à ce jeu de massacre tous les matins. À peu près le seul jeu qu'ils soient assez intelligents pour comprendre.

Ce fut un très mauvais moment à passer. La file des géants paraissait sans fin, et ils ne cessaient de jeter des pierres, dont certaines tombaient tout près. Sans même parler du danger réel, la seule vue de leurs visages et le bruit de leurs voix auraient suffi à effrayer n'importe qui. Jill s'efforçait de ne pas les regarder.

Au bout de vingt-cinq minutes environ, les géants commencèrent, semblait-il, à se disputer. Cela mit un terme au jeu de massacre, mais il n'est pas agréable de se trouver pris au milieu d'une querelle de géants étalée sur un kilomètre. Ils fulminaient et s'insultaient avec de longs mots incompréhensibles de plus de vingt syllabes. Ils écumaient, trépignaient et sautaient sur place rageusement, et chacun de leurs sauts faisait trembler le sol comme l'impact d'une bombe. Ils se matraquaient avec d'énormes marteaux de pierre grossièrement taillés, mais leurs crânes étaient si durs que ces marteaux rebondissaient et que le monstre qui avait porté le coup, laissait tomber son arme en hurlant de douleur parce que le choc lui avait fait mal aux doigts. Mais il était si bête qu'il faisait exactement la même chose deux minutes plus tard. Ce fut une bonne chose car, au bout d'une heure, tous les géants étaient si mal en point qu'ils s'assirent et se mirent à gémir. Leurs têtes s'abaissèrent alors sous le bord de la gorge, si bien qu'on ne les voyait plus, mais Jill les entendit longtemps hurler, pleurer comme des veaux et brailler comme de gros bébés.

Ils bivouaquèrent cette nuit-là sur la lande, et Puddlegum montra aux enfants comment tirer le meilleur parti de leurs couvertures en dormant dos à dos. (Les dos gardent mutuellement leur chaleur et l'on peut alors mettre les deux couvertures par-dessus.) Mais, même ainsi, il faisait très froid, et le sol était dur et inégal. Le touille-marais leur dit qu'ils se sentiraient plus à l'aise si seulement ils s'imaginaient combien il allait faire beaucoup plus froid ensuite, plus au nord, mais cela ne leur remonta pas du tout le moral.

Ils cheminèrent pendant des jours et des jours à travers Ettinsmoor, épargnant le jambon et se nourrissant pour l'essentiel d'oiseaux de la lande (il ne s'agissait pas, bien sûr, d'oiseaux parlants) abattus par les flèches d'Eustache et du touille-marais. Jill enviait un peu Eustache de savoir tirer à l'arc. Comme la lande était parcourue d'innombrables ruisseaux, ils ne manquèrent jamais d'eau. La fillette se disait que, dans les livres, quand les personnages vivent de ce qu'ils tuent, on ne vous dit jamais quel boulot interminable, salissant, malodorant cc peut être que de plumer et de vider des oiseaux morts, ni combien cela vous gèle les doigts. Mais la bonne surprise fut qu'ils ne rencontrèrent pratiquement pas de géants. L'un d'eux les aperçut, mais il se contenta d'éclater d'un rire tonitruant et de s'éloigner d'un pas lourd pour aller s'occuper de ses propres affaires.

Le dixième jour, environ, le paysage changea. Ils parvinrent à l'extrémité nord de la lande et virent, en bas d'une longue pente abrupte, une terre différente et plus austère. Au pied de cette pente se trouvaient des ravins. Au-delà, une région de hautes montagnes, de sombres précipices, de vallées cailloteuses, de défilés si étroits et si profonds que le regard n'y portait jamais loin, et de rivières qui jaillissaient de gorges sonores pour plonger dans de sinistres abîmes. Inutile de préciser que ce fut Puddlegum qui montra du doigt les plaques de neige sur les pentes les plus éloignées.

– Il y en aura plus sur le versant nord, il faut s'y attendre, ajouta-t-il.

Cela leur prit un peu de temps d'atteindre le bas de la pente et, quand ils y arrivèrent, ils virent au fond du précipice une rivière qui coulait en contrebas, de l'ouest vers l'est. Bordée d'à-pics rocheux, elle était verte et sombre. Le rugissement des rapides et des chutes d'eau faisait trembler le sol, même là où ils se trouvaient.

– Ce qu'il y a de bien là-dedans, dit Puddlegum, c'est que, si on se rompt le cou en descendant la falaise en rappel, alors on est sûr de ne pas se noyer dans la rivière.

– Et qu'est-ce que vous pensez de ça ? demanda soudain Eustache en pointant son doigt en amont, sur leur gauche.

Ils regardèrent tous les trois et virent la dernière chose qu'ils s'attendaient à trouver… un pont. Et quel pont, en plus ! Il était fait d'une seule arche, énorme, qui enjambait la gorge du sommet d'une falaise à l'autre, et le haut de cette arche était aussi élevé au-dessus du sommet des falaises que le dôme de Saint-Paul au-dessus des rues.

– Dites donc, ça doit être un pont de géants, dit Jill.

– Ou de sorciers, plus vraisemblablement, suggéra

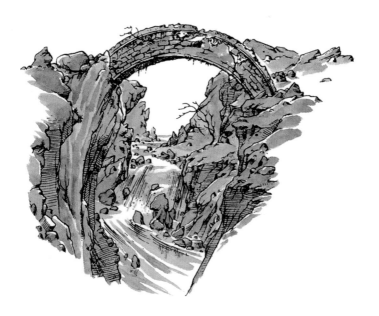

Puddlegum. On doit prendre garde aux enchantements dans un endroit pareil. Je pense que c'est un piège ; il va se transformer en fumée et se dissoudre au moment précis où nous arriverons au milieu.

– Oh ! pour l'amour de Dieu, ne soyez pas tellement poule mouillée, dit Eustache. Pourquoi diable ne serait-ce pas un pont normal ?

– Croyez-vous qu'un seul des géants qu'on a vus aurait assez de bon sens pour construire un truc comme ça ? demanda Puddlegum.

– Mais est-ce qu'il ne pourrait pas avoir été construit par d'autres géants ? suggéra Jill. Je veux dire, par des géants qui auraient vécu ici il y a des centaines d'années, et qui auraient été beaucoup plus malins que ceux d'aujourd'hui. Ceux-là mêmes, peut-être, qui ont construit la cité que nous cherchons. Et ça voudrait dire que nous sommes sur la bonne voie… Le vieux pont conduisant à la vieille cité !

– C'est vraiment une idée géniale, Pole, dit Eustache. C'est sûrement ça. Allons-y.

Aussi obliquèrent-ils vers le pont. Et quand ils l'atteignirent, ils virent qu'il semblait solide. Ses pierres étaient aussi grandes que celles de Stonehenge et devaient avoir été autrefois taillées par de bons artisans, bien que maintenant elles fussent craquelées et quelque peu effritées. Le parapet avait autrefois été orné de riches bas-reliefs, dont il restait quelques traces : des visages couverts de mousse et des corps de géants, des minotaures, des calamars, des mille-pattes, des dieux effrayants. Ce pont n'inspirait toujours pas confiance à Puddlegum, mais il consentit à le traverser avec les enfants.

La montée, jusqu'au sommet de l'arche, fut longue et pesante. En beaucoup d'endroits, les grosses pierres étaient tombées, laissant des vides horribles par lesquels on voyait la rivière écumer, des centaines de mètres plus bas. Un aigle passa en volant sous leurs pieds. Plus ils montaient, plus il faisait froid, et le vent soufflait si fort qu'ils pouvaient à peine tenir debout. Le pont semblait trembler sous les bourrasques.

Quand ils atteignirent le sommet, ils virent se dessiner devant eux, jusqu'au cœur des montagnes, ce qui semblait être les restes d'une ancienne route de géants. Elle était en partie dépavée, et il y avait de grands carrés d'herbe entre les pierres qui subsistaient. Venant vers eux à cheval sur cette voie antique, ils aperçurent alors deux personnes de la taille d'humains adultes.

– Continuez. Avançons vers eux, dit Puddlegum. Quelle que soit la personne que vous rencontrez dans un endroit pareil, c'est sans doute un ennemi, mais nous ne devons pas leur donner à penser que nous avons peur.

Le temps qu'ils aient quitté le pont et fait quelques pas sur l'herbe, les deux étrangers étaient tout près. L'un d'eux était un chevalier revêtu d'une armure, la visière du heaume baissée. Son armure comme son

cheval étaient noirs et il n'y avait aucune devise sur son bouclier, aucune bannière à la pointe de sa lance. L'autre était une dame montée sur un cheval blanc, un cheval si adorable qu'on avait envie de l'embrasser sur le nez et de lui donner un morceau de sucre sans attendre. Mais encore plus charmante était la dame, qui chevauchait en amazone et portait une longue robe flottante d'un vert éblouissant.

– Bonne jourrrnée, voyageurrrs ! s'exclama-t-elle d'une voix aussi douce que le plus doux des chants d'oiseau, en roulant délicieusement les r. Certains d'entre vous sont bien jeunes pour parcourir ces terres rudes et désolées.

– On fait ce qu'on peut, m'dame, marmonna Puddlegum, sur ses gardes.

– Nous cherchons les ruines de la cité des Anciens Géants, dit Jill.

– La cité des Rrruines, dit la dame. C'est un endroit bien étrange à rechercher. Et que ferez-vous si vous la trouvez ?

– Il faut que nous… commença Jill.

Mais Puddlegum l'interrompit.

– Faites excuse, m'dame. Mais on ne vous connaît pas, pas plus que votre compagnon – un gars bien silencieux, non ? – et vous ne nous connaissez pas. On aimerait aussi bien ne pas parler de nos affaires à des étrangers, si ça ne vous ennuie pas. Nous allons avoir bientôt un peu de pluie, ne croyez-vous pas ?

La dame se mit à rire : le rire le plus merveilleux, le plus musical que vous puissiez imaginer.

– Eh bien, mes enfants, dit-elle, vous avez avec vous un vieux guide sage et cérémonieux. Je ne saurais lui tenir rigueur de garder ses intentions pour lui, mais je suis libre des miennes. J'ai souvent entendu prononcer le nom de la gigantesque cité des Rrruines, mais je n'ai jamais rencontré personne qui puisse me dire par où y aller. Cette route conduit au bourg et au château de Harfang, où vivent les Gentils Géants. Ils sont aussi doux, civils, prudents et courtois que ceux d'Ettinsmoor sont fous, féroces, sauvages, abandonnés à la plus complète bestialité. Et à Harfang vous pourriez peut-être – ou peut-être pas – entendre parler de la cité des Rrruines, mais vous y trouverez à coup sûr un toit accueillant et des hôtes joyeux. Vous seriez bien avisés d'y passer l'hiver ou, pour le moins, d'y demeurer quelques jours pour vous détendre et vous ressourcer. Vous trouverez là-bas des bains de vapeur, des lits douillets et des flambées dans les cheminées ; et, sur la table quatre fois par jour, viandes rôties ou en croûte, mets sucrés et plats épicés.

– Dites donc ! s'exclama Eustache. Voilà qui ressemble à quelque chose ! Rien que de s'imaginer dormant de nouveau dans un lit…

– Oui, et prenant un bain chaud, ajouta Jill. Pensez-vous qu'ils nous inviteront à rester ? Nous ne les connaissons pas, vous savez.

– Dites-leur seulement, répondit la dame, que Celle-à-la-robe-verte les salue par votre intermédiaire, et leur envoie deux beaux enfants du Sud pour leur festin d'Automne.

– Oh ! merci, merci infiniment, dirent Jill et Eustache.

– Mais, ajouta la dame, quel que soit le jour où vous arriverez à Harfang, faites attention à ne pas vous présenter à la porte trop tard. Car ils ferment leurs grilles quelques heures après midi, et c'est la coutume de ce château de n'ouvrir à personne une fois le verrou tiré, si fort qu'on puisse frapper.

Les yeux brillants, les enfants la remercièrent à nouveau, et la dame leur fit de la main un signe d'adieu. Le touille-marais retira son chapeau pointu et s'inclina avec beaucoup de raideur. Puis, dans un grand fracas de sabots, le chevalier silencieux et la dame lancèrent leurs chevaux dans la montée du pont.

– Eh bien ! dit Puddlegum. Je donnerais cher pour savoir d'où elle vient et où elle va. Pas le genre qu'on s'attend à rencontrer dans les déserts sauvages du pays des Géants, non ? Ça n'annonce rien de bon. Je suis prêt à le parier.

– Oh ! zut ! rétorqua Eustache. Je trouve qu'elle était tout simplement merveilleuse. Et imaginez un peu, des repas brûlants et des chambres chauffées. J'espère vraiment que Harfang n'est pas trop loin.

– Je suis bien d'accord, ajouta Jill. Et cette robe délicieuse qu'elle avait… et son cheval !

– Tout de même, dit Puddlegum. J'aimerais qu'on en sache un peu plus long sur elle.

– J'allais l'interroger sur elle-même, affirma Jill. Mais comment pouvais-je le faire alors que vous ne vouliez rien lui dire de nous ?

– Oui, dit Eustache. Et pourquoi étiez-vous si raide et désagréable ? Ils ne vous plaisaient pas, eux ?

– Eux ? s'étonna le touille-marais. Qui ça, eux ? Je n'ai vu qu'une seule personne.

– Vous n'avez pas vu le chevalier ? demanda Jill.

– J'ai vu une armure complètement close. Pourquoi ne parlait-il pas ?

– Il devait être intimidé. Ou peut-être veut-il seulement la contempler et écouter son adorable voix. Si j'étais lui, je suis sûre que c'est ce que je ferais.

– Je me suis demandé, observa Puddlegum, ce qu'on verrait vraiment si on soulevait la visière de ce heaume pour regarder à l'intérieur.

– N'importe quoi, dit Eustache. Pensez à la forme de l'armure ! Qu'est-ce qui pourrait bien être à l'intérieur sinon un homme ?

– Pourquoi pas un squelette ? suggéra le touille-marais avec une gaieté sinistre. Ou peut-être, ajouta-t-il après réflexion, rien du tout. Je veux dire, rien qu'on puisse voir. Quelqu'un d'invisible.

– Vraiment, Puddlegum, dit Jill en frissonnant, vous avez le chic pour les idées les plus horribles. Où allez-vous chercher tout ça ?

– Oh ! au diable ses idées ! s'écria Eustache. Il s'attend toujours au pire, et il se trompe toujours. Ne pensons plus qu'à ces Gentils Géants et arrivons à Harfang aussi vite que nous le pouvons. J'aimerais savoir à quelle distance la ville se trouve.

Et c'est là qu'ils eurent la première de ces disputes que Puddlegum avait prédites. Bien sûr, Jill et Eustache s'étaient déjà pas mal chamaillés auparavant, mais ce fut leur premier désaccord vraiment sérieux. Puddlegum voulait qu'ils n'aillent pas du tout à Harfang. Il disait qu'il ne voyait pas ce que pouvait signifier pour un géant l'idée de gentillesse, et que, de toute façon, les signes d'Aslan ne parlaient en rien d'un séjour chez des géants, gentils ou pas. Les enfants, en revanche, fatigués du vent et de la pluie, des volatiles décharnés rôtis sur un feu de camp, et de dormir en sentant sous eux, pour tout matelas, la terre dure et froide, étaient farouchement résolus à rendre visite aux Gentils Géants. Finalement, Puddlegum céda, mais à une seule condition. Les deux autres devaient lui promettre solennellement que, à moins qu'il ne les délie de ce serment, ils ne diraient pas aux Gentils Géants qu'ils venaient de Narnia, ni qu'ils recherchaient le prince Rilian. Ils lui firent cette promesse, et ils continuèrent leur chemin.

Après cette conversation avec la dame, les choses empirèrent de deux façons différentes. D'une part, la contrée était beaucoup plus inhospitalière. La route serpentait entre d'interminables vallées étroites au long desquelles un cruel vent du nord ne cessait de les souffleter. Il n'y avait rien qu'on pût utiliser comme bois de chauffage, ni aucune agréable petite clairière pour y dresser le camp, comme cela avait été le cas dans la lande. Et le sol était caillouteux, ce qui faisait mal aux pieds le jour et à tout le reste du corps la nuit.

D'autre part, quelles qu'eussent été les intentions de la dame en leur parlant de Harfang, l'effet de ses paroles sur les enfants ne fut pas des meilleurs. Ils ne pouvaient plus penser à rien d'autre qu'aux lits, aux bains, aux repas chauds, et au plaisir qu'ils auraient à se trouver à l'intérieur d'une maison. Maintenant, ils ne parlaient plus jamais d'Aslan, ni même du prince perdu. Et Jill renonça à son habitude de se répéter les signes soir et matin. Au début, elle se dit qu'elle était trop fatiguée, mais bientôt elle oublia tout cela. Et, alors qu'on aurait pu s'attendre que la perspective de passer des moments agréables à Harfang leur remontât le moral, en réalité, cela les rendit encore plus tristes, plus grincheux et agressifs.

Finalement, un après-midi, ils arrivèrent à un endroit où la gorge dans laquelle ils cheminaient s'élargissait entre de sombres bois de pins. Ils regardèrent devant eux et virent qu'ils avaient fini de traverser les montagnes. Là s'étendait une plaine rocheuse et désolée. Au loin, de nouvelles montagnes couronnées de neige. Mais, entre eux et ces montagnes éloignées se dressait une colline basse dont le sommet apparaissait inégalement plat.

– Regardez ! Regardez ! s'écria Jill en pointant son doigt vers la plaine.

Et là, dans le crépuscule, derrière la colline plate, chacun aperçut des lumières. Des lumières ! Pas la clarté de la lune, pas des feux de camp, mais une rangée réconfortante et accueillante de fenêtres éclairées. Vous aurez du mal à comprendre ce qu'ils ressentirent si vous n'avez jamais été dans un endroit totalement désert et désolé, jour et nuit, pendant des semaines.

– Harfang ! s'exclamèrent Jill et Eustache d'une voix joyeuse et excitée.

– Harfang ! répéta Puddlegum d'une voix morne et lugubre. Mais il ajouta : Holà ! Des oies sauvages !

Il décrocha son arc de son épaule en une seconde et abattit une belle oie grasse. Il était beaucoup trop tard pour envisager d'arriver à Harfang le jour même. Mais ils eurent un bon repas, un feu et furent, au début de la nuit, plus réchauffés que jamais depuis une semaine. Quand le feu se fut éteint, la nuit devint affreusement froide et, à leur réveil le lendemain matin, leurs couvertures étaient raidies par le gel.

– Aucune importance ! clama Jill en tapant ses pieds par terre. Ce soir, bain chaud !

Chapitre 7

La colline
aux étranges tranchées

On ne saurait nier que c'était une triste journée. Au-dessus de leurs têtes, un ciel sans soleil, chargé de nuages gorgés de neige ; sous leurs pieds, un sol noir et gelé, et le vent qui le balayait donnait l'impression qu'il allait vous arracher la peau. Quand ils descendirent dans la plaine, ils découvrirent que cette partie de l'ancienne route était beaucoup plus endommagée que tout ce qu'ils en avaient vu jusqu'alors. Ils durent se frayer un chemin parmi de grosses pierres brisées, entre des rochers et parmi des décombres : un dur trajet pour leurs pieds blessés. Et, quelle que fût leur fatigue, il faisait beaucoup trop froid pour s'arrêter.

Vers dix heures, les premiers flocons de neige commencèrent à voltiger et se posèrent sur le bras de Jill. Dix minutes plus tard, ils tombaient en abondance. En vingt minutes, le sol devint totalement blanc. Et avant qu'une demi-heure ne se fût écoulée, une solide tempête de neige, soutenue, qui donnait l'impression de devoir durer toute la journée, les atteignit en plein visage, si bien qu'ils ne voyaient pratiquement plus rien.

Pour comprendre ce qui va suivre, vous ne devez pas oublier combien leur vision était réduite. En s'approchant de la colline basse qui les séparait de l'endroit où les fenêtres éclairées leur étaient apparues, ils n'en avaient aucune vue d'ensemble. Il était hors de question de voir plus loin que quelques pas devant soi et, même pour ça, il fallait s'arracher les yeux. Inutile de dire qu'ils ne se parlaient pas.

Quand ils atteignirent le pied de la colline, ils entr'aperçurent ce qui aurait pu être des rochers de chaque côté, des rochers plus ou moins carrés, si on les regardait attentivement, ce qu'aucun d'entre eux ne put faire. Ils étaient bien plus préoccupés par le surplomb qui leur barrait la route, juste en face d'eux. Il faisait un peu plus d'un mètre de haut. Avec ses longues jambes, le touille-marais n'eut aucun mal à l'escalader, et il aida les deux autres à grimper. Il fut le seul à ne pas être complètement trempé dans cette affaire, car la neige était maintenant très épaisse. Puis

ils durent ensuite gravir une pente raide – Jill tomba une fois – sur un sol très inégal, pendant une centaine de mètres à peu près, avant d'arriver à un deuxième surplomb. En tout, il y en avait quatre, à des intervalles tout à fait irréguliers.

Comme ils se hissaient à grand-peine sur le quatrième, ils se rendirent compte qu'ils avaient maintenant atteint le sommet. Jusqu'alors la pente les avait plus ou moins abrités, mais là, ils furent totalement exposés à la furie du vent. Car le sommet de la colline, comme ils l'avaient vu de loin, était plat ; un grand plateau horizontal que le vent traversait en tempête sans rencontrer de résistance. En beaucoup d'endroits, c'est à peine si la neige pouvait se fixer, car le vent ne cessait d'en arracher du sol des paquets qu'il leur jetait à la figure. Autour de leurs pieds tournoyaient de petits tourbillons de neige comme on en voit parfois sur la glace. Et, en fait, la surface du sol était, presque partout, lisse comme de la glace. Mais ce qui empirait les choses, c'était qu'elle était traversée dans les deux sens de curieux remblais semblables à des digues, qui la divisaient en carrés et en rectangles. Il fallait, bien sûr, les escalader tous. Ils avaient une hauteur de un à deux mètres, sur deux mètres de largeur. Sur le flanc nord de chaque remblai, la neige s'était déjà amoncelée en congères épaisses et, après chaque escalade, il fallait descendre sur la congère et se retrouver trempé.

Progressant à grand-peine, son capuchon relevé, la tête baissée et les mains gelées glissées sous sa pèlerine,

Jill aperçut du coin de l'œil d'autres choses bizarres sur cet horrible plateau – sur sa droite, des choses qui ressemblaient vaguement à des cheminées d'usine et, sur sa gauche, une énorme paroi rocheuse, invraisemblablement abrupte. Mais cela ne l'intéressait pas du tout et elle n'y prêta pas la moindre attention. Elle ne pouvait plus penser à rien d'autre qu'à ses mains glacées (de même que son nez, son menton et ses oreilles) et aux lits et aux bains chauds qui les attendaient à Harfang.

Soudain, elle dérapa, glissa sur près de deux mètres et se retrouva avec horreur en train de dévaler la pente d'un gouffre étroit et sombre qui semblait être apparu devant elle à l'instant même. Une demi-seconde plus tard, elle en avait atteint le fond. Elle était apparemment dans une sorte de tranchée ou de sillon d'environ un mètre de large. Et, bien qu'elle ait été secouée par sa chute, la première chose à laquelle elle fut sensible fut le soulagement de ne plus être exposée au vent car les parois de la tranchée s'élevaient haut au-dessus de sa tête. La deuxième chose qu'elle vit, ce furent bien entendu les visages anxieux d'Eustache et de Puddlegum au bord du trou.

– Tu es blessée, Pole ? lui cria Eustache.

– Elle aurait les deux jambes brisées que ça ne m'étonnerait pas, s'exclama Puddlegum.

Jill se redressa et leur expliqua que tout allait bien, mais qu'ils allaient devoir l'aider à sortir.

– Dans quoi est-ce que tu es tombée ? lui demanda Eustache.

– C'est une sorte de tranchée, mais ça pourrait aussi bien être un genre de souterrain ou quelque chose comme ça, répondit-elle. Ça continue tout droit.

– Oui, bon sang ! Et ça continue plein nord ! Je me demande si ce n'est pas une sorte de route. Si c'était le cas, nous serions protégés de ce vent infernal, là-dessous. Est-ce qu'il y a beaucoup de neige ?

– Presque pas. Elle passe complètement au-dessus, je suppose.

– Comment ça se présente plus loin ?

– Une seconde. Je vais voir.

Elle se releva et suivit la tranchée, mais elle n'alla pas loin : le sillon obliquait brutalement sur la droite. En criant, elle répercuta cette information à l'intention des autres.

– Qu'est-ce qu'il y a après le tournant ? demanda Eustache.

Seulement, il se trouva que les passages sinueux et les endroits sombres enfouis sous la terre, même incomplètement, faisaient à Jill le même effet que le bord des falaises à Eustache. Elle n'avait pas l'intention de tourner ce coin toute seule, surtout en entendant Puddlegum mugir derrière elle :

– Faites attention, Pole. C'est exactement le genre d'endroit qui pourrait conduire à l'antre d'un dragon. Et dans ce pays des Géants, il pourrait bien y avoir des vers ou des scarabées géants.

– Je ne crois pas que ça aille beaucoup plus loin, dit Jill en battant en retraite précipitamment.

– De toute façon, je vais aller y jeter un coup d'œil,

dit Eustache. Qu'est-ce que tu veux dire par « pas beaucoup plus loin » ? J'aimerais bien le savoir.

Il s'assit donc sur le bord de la tranchée (tout le monde était trop mouillé à présent pour s'inquiéter de l'être un petit peu plus) avant de se laisser tomber dedans. Il écarta Jill et elle comprit, bien qu'il n'eût rien dit, qu'il savait sûrement qu'elle s'était dégonflée. Aussi le suivit-elle de près, tout en prenant bien soin de ne pas passer devant lui.

Leur exploration se révéla pourtant décevante. Ils tournèrent le coin à droite et continuèrent tout droit pendant quelques pas. Il y eut alors un choix à faire entre plusieurs chemins : tout droit, ou encore à droite.

– Aucun intérêt, dit Eustache après un coup d'œil rapide sur la voie de droite, cela nous ramènerait en arrière… vers le sud.

Il continua tout droit mais, de nouveau, après quelques pas, ils trouvèrent un second tournant vers la droite. Mais cette fois, ils n'avaient pas le choix car la tranchée qu'ils avaient suivie se terminait là, en cul-de-sac.

– Aucun intérêt, grogna Eustache.

Jill ne perdit pas de temps et fit demi-tour pour passer devant. Quand ils furent revenus à l'endroit où elle était tombée, le touille-marais n'eut aucune peine, avec ses grands bras, à les sortir de là.

Mais ce fut terrifiant. En bas, dans ces tranchées étroites, leurs oreilles avaient presque commencé à dégeler. Il leur avait été possible de se voir nettement, de respirer facilement, de s'entendre parler sans avoir à

108

crier. C'était une véritable torture de revenir dans le froid cinglant. Et cela fut dur, vraiment, de voir Puddlegum choisir ce moment pour leur dire :

– Êtes-vous toujours sûre de ces signes, Pole ? Quel est celui qu'on devrait être en train de chercher ?

– Oh ! au diable les signes ! répondit-elle avec humeur. Un truc à propos de quelqu'un qui devait évoquer le nom d'Aslan, je crois. Mais ici, je ne vais certainement pas me lancer dans une récitation.

Comme on voit, elle se trompait sur l'ordre des signes. C'était dû au fait qu'elle avait négligé de se les redire chaque soir. Elle les connaissait encore, si elle avait voulu se donner la peine de réfléchir ; mais elle ne savait plus désormais sa leçon sur le bout des doigts, au point de pouvoir à coup sûr la débiter à l'improviste dans l'ordre et sans réfléchir. La question de Puddlegum l'exaspéra parce que, en son for intérieur, elle était déjà exaspérée contre elle-même de ne pas se rappeler la leçon du Lion tout à fait aussi bien qu'elle l'aurait dû. Cette exaspération, s'ajoutant au supplice d'avoir très froid et d'être très fatiguée, lui avait fait dire : « Au diable les signes ! » Ce n'est peut-être pas vraiment ce qu'elle voulait dire.

– Oh ! c'était ça le suivant, vraiment ? dit Puddlegum. Mais là, je me demande, est-ce que vous ne vous trompez pas ? Vous les auriez mélangés que ça ne m'étonnerait pas. J'ai l'impression que cette colline, cet endroit plat sur lequel nous sommes, cela vaudrait la peine de s'arrêter pour y jeter un coup d'œil. Est-ce que vous avez remarqué… ?

– Oh, seigneur ! s'exclama Eustache. Est-ce que c'est le moment de s'arrêter pour admirer la vue ? Pour l'amour de Dieu, avançons.

– Oh ! regardez, regardez, regardez ! s'écria Jill en montrant quelque chose du doigt.

Ils se tournèrent tous les trois dans cette direction, et tous les trois, ils virent. À quelque distance au nord, et à une bonne hauteur au-dessus du plateau sur lequel ils se trouvaient, une rangée de lumières avait fait son apparition. C'étaient des fenêtres éclairées, ils les voyaient plus clairement encore que la nuit précédente : de petites fenêtres qui faisaient penser avec délice à des chambres, et de plus grandes qui évoquaient de vastes salles avec des feux ronflant dans l'âtre, et de la soupe chaude ou des biftecks bien juteux fumant sur la table.

– Harfang ! s'exclama Eustache.

– Tout ça est très bien, intervint Puddlegum, mais ce que je vous disais, c'est que…

– Oh ! la ferme, le coupa sèchement Jill. Nous n'avons pas un moment à perdre. Vous rappelez-vous ce que disait la dame, qu'ils fermaient leurs portes très tôt ? Il faut arriver là-bas à temps, il le faut, il le faut. Nous allons mourir si nous devons rester dehors par une nuit comme celle-là.

– En fait, ce n'est pas exactement une nuit, pas encore, commença Puddlegum…

Mais les deux enfants dirent : « Allons-y ! » et, en trébuchant sur le plateau glissant, se mirent à avancer aussi vite que leurs jambes pouvaient les porter. Le touille-marais les suivait, sans cesser de parler. Mais maintenant qu'ils étaient de nouveau en train de lutter contre le vent, ils n'auraient pas pu l'entendre même s'ils l'avaient voulu. En plus, ils ne voulaient pas. Ils rêvaient de bains, de lits et de boissons chaudes, et l'idée d'arriver à Harfang trop tard et de se retrouver coincés à l'extérieur leur était intolérable.

Malgré leur hâte, cela leur prit pas mal de temps pour traverser le plateau. Et même quand cela fut fait, il restait encore quelques rebords à descendre de l'autre côté. Enfin, ils purent voir à quoi ressemblait Harfang.

Situé sur un haut rocher escarpé, Harfang avait davantage l'air d'un énorme manoir que d'une forteresse, en dépit de ses nombreuses tourelles. À l'évidence, les Gentils Géants ne craignaient pas d'être

attaqués. Des fenêtres s'ouvraient dans le mur extérieur, tout près du sol – particularité que l'on ne trouverait jamais dans une vraie forteresse. Il y avait même
de curieuses petites portes ici et là, si bien qu'il aurait
été très facile d'entrer et de sortir du château sans passer par la cour d'honneur. Voilà qui remontait le moral
de Jill et d'Eustache, et donnait à l'endroit un aspect
plus amical et moins inhospitalier.

Au premier abord, la hauteur et l'escarpement du
rocher les avaient effrayés, mais ils remarquèrent sur la
gauche une voie plus facile, vers laquelle zigzaguait la
route. Ce fut une terrible escalade, après le voyage
qu'ils avaient déjà fait, et Jill faillit abandonner. Eustache et Puddlegum durent l'aider pour les cent derniers
mètres. Mais finalement, ils se retrouvèrent devant la
porte du château. La herse était levée et la porte
ouverte.

Si épuisé qu'on puisse être, il faut pas mal de cran
pour s'avancer jusqu'à une porte de géants. En dépit de
toutes ses mises en garde contre Harfang, ce fut Puddlegum qui montra le plus de courage.

– Marchons à une allure régulière, maintenant, dit-
il. N'ayez pas l'air effrayé, quoi qu'il arrive. De toute
façon, on a fait la chose la plus bête du monde en
venant ici. Mais maintenant que nous y sommes, le
mieux est de faire face.

Sur ces paroles, il s'avança sous le porche, s'immobi-
lisa juste sous l'arcade, là où l'écho pourrait amplifier
sa voix, et cria aussi fort qu'il le put :

– Ho ! Portier ! Des hôtes en quête d'asile !

Et, en attendant que quelque chose se passât, il enleva son chapeau et fit tomber l'épaisse couche de neige qui s'était amassée sur son large bord.

– Dis donc, chuchota Eustache à Jill, c'est peut-être une poule mouillée, mais il ne manque pas de cran… et de culot.

Une porte s'ouvrit, laissant apparaître une délicieuse lueur de feu de cheminée, et le portier apparut. Jill se mordit les lèvres pour ne pas crier. Ce n'était pas un géant tout à fait énorme : en fait il était plus grand qu'un pommier, mais pas du tout aussi grand qu'un poteau télégraphique. Il avait des cheveux roux embroussaillés, un pourpoint de cuir renforcé par de nombreuses plaques de métal, les genoux nus (et vraiment très poilus) et des espèces de bandes molletières autour des jambes. Il se pencha en avant et regarda Puddlegum avec de gros yeux ronds.

– Et quel genre de créatures est-ce que vous prétendez être ? demanda-t-il.

Jill prit son courage à deux mains et cria :

– S'il vous plaît, Celle-à-la-robe-verte adresse ses salutations au roi des Gentils Géants et nous a envoyés, nous, les deux enfants du Sud ainsi que ce touille-marais (il s'appelle Puddlegum), pour votre festin d'Automne… si cela vous convient vraiment, bien sûr, ajouta-t-elle.

– Oho ! dit le portier. C'est une tout autre affaire. Entrez, mes petits amis, entrez. Vous feriez mieux de vous abriter dans ma loge pendant que j'envoie prévenir Sa Majesté.

Il regarda les enfants avec curiosité.

— Des visages bleus, remarqua-t-il. Je ne savais pas qu'ils étaient de cette couleur. Personnellement, je m'en fiche. Mais vous vous trouvez sans doute tout à fait bien les uns les autres. Les scarabées rêvent d'autres scarabées, comme on dit.

— Nos visages ne sont bleus que parce qu'il fait froid, dit Jill. Nous ne sommes pas vraiment de cette couleur-là.

— Alors, entrez et réchauffez-vous. Entrez, petites crevettes, dit le portier.

Ils le suivirent à l'intérieur de la loge. Et, bien qu'il fût assez terrible d'entendre une si grosse porte se fermer derrière soi avec un fracas métallique, ils l'oublièrent dès qu'ils aperçurent ce dont ils n'avaient cessé de rêver depuis le dîner de la veille au soir… un feu. Et quel feu ! On aurait dit que quatre ou cinq arbres entiers y flambaient à la fois, et il dégageait tellement de chaleur qu'ils ne pouvaient s'en approcher à moins de quelques mètres. Mais ils s'effondrèrent tous sur le sol de briques, aussi près qu'ils le pouvaient sans se sentir brûler, en poussant de grands soupirs de soulagement.

— Tiens, gamin, dit le portier à un autre géant resté assis au fond de la pièce à regarder fixement les visiteurs au point qu'on avait l'impression que les yeux allaient lui sortir de la tête, cours porter ce message au manoir.

Et il répéta ce que Jill lui avait dit. Le jeune géant quitta la pièce, après un dernier regard écarquillé et un formidable éclat de rire.

– Bon, la grenouille, dit le portier à Puddlegum, tu m'as l'air d'avoir besoin d'un remontant.

Il sortit une bouteille noire très semblable à celle de Puddlegum, mais à peu près vingt fois plus grande.

– Voyons, voyons, reprit le portier. Si je te donne une tasse, tu vas t'y noyer. Voyons. Cette salière fera juste l'affaire. Pas besoin de raconter ça à tout le manoir. Là, elle continuera à se désargenter, et c'est pas ma faute.

La salière ne ressemblait pas vraiment à celles que nous utilisons, elle était plus étroite et plus cylindrique, et pour le touille-marais, elle faisait un verre tout à fait convenable, que le géant posa par terre à côté de lui. Les enfants s'attendaient à ce que Puddlegum refuse, méfiant comme il l'était à l'égard des Gentils Géants. Mais il marmonna :

– Il est un peu tard pour penser à prendre des précautions maintenant qu'on est à l'intérieur et que la porte est fermée.

Puis il huma la liqueur.

– Bonne odeur, dit-il. Mais ça ne prouve rien. Mieux vaut être sûr.

Il en prit une gorgée.

– Bon goût aussi, dit-il. Mais ce n'est que la première gorgée. Comment se présente la suite ?

Il en prit une plus grosse.

– Ah ! dit-il. Mais est-ce que c'est comme ça jusqu'au bout ?

Et il en prit une autre.

– Y aurait un truc répugnant tout au fond que ça ne m'étonnerait pas, dit-il en finissant son verre.

Il se pourlécha et dit aux enfants :

– C'est un test, vous savez. Si je me tords de douleur, si j'explose, si je me transforme en lézard ou quelque chose comme ça, alors vous saurez qu'il ne faut rien prendre de ce qu'ils vous offrent.

Mais le géant, qui était beaucoup trop haut pour pouvoir entendre ce que Puddlegum avait marmonné dans sa barbe, éclata de rire et lui dit :

– Eh bien, la grenouille, tu es un homme. Voyez un peu comme il a descendu ça !

– Pas un homme… un touille-marais, répliqua-t-il d'une voix quelque peu confuse. Pas une grenouille non plus : un touille-marais.

À cet instant, la porte s'ouvrit derrière eux et le jeune géant entra en disant :

– Faut qu'ils aillent tout de suite dans la salle du trône.

Les enfants se levèrent, mais Puddlegum resta assis en disant :

– Touille-marais. Touille-marais. Un très respectable touille-marais. Respectouille…

– Montre-leur le chemin, jeunot, dit le portier géant. Tu ferais mieux de porter la grenouille. Il en a pris une goutte de trop.

– Moi, pas de problème, dit Puddlegum. Pas grenouille. Moi, rien d'une grenouille. Ch'uis un respectouillemarais.

Mais le jeune géant le souleva par la taille et fit signe aux enfants de le suivre. Ils traversèrent la cour d'honneur dans ce peu glorieux équipage. Puddlegum,

116

enfermé dans le poing du géant et battant vaguement
l'air de ses pieds, ressemblait beaucoup à une grenouille, pas de doute là-dessus. Mais ils n'eurent guère
le temps d'y prêter attention, car – leur cœur à tous
deux battant à tout rompre – ils franchirent bientôt la
grande porte du corps principal du château et, après
avoir trottiné à toute vitesse le long de plusieurs couloirs pour pouvoir suivre les pas du géant, se retrouvèrent en train de cligner les yeux dans la lumière
d'une salle immense où des lampes brillaient, où un feu
ronflait dans l'âtre et où leur reflet était renvoyé par les
ors du plafond. Il y avait sur leur droite et leur gauche
plus de géants qu'ils n'en pouvaient compter, tous
vêtus de robes magnifiques et, sur deux trônes à l'autre
extrémité, étaient assises deux énormes silhouettes qui
se révélèrent être le roi et la reine.

Ils s'arrêtèrent à environ six mètres des trônes. Eustache et Jill firent une tentative maladroite pour esquisser une révérence (à l'établissement expérimental, on n'apprend pas aux jeunes filles les manières de la cour) et le jeune géant posa précautionneusement Puddlegum, qui se tassa par terre en une sorte de position assise. Avec ses membres interminables, il ressemblait incroyablement, à vrai dire, à une grande araignée.

Chapitre 8

Le manoir de Harfang

– Vas-y, Pole, c'est à toi, chuchota Eustache.

Jill se sentait la bouche si sèche qu'elle ne pouvait prononcer un mot. Elle refusa d'un signe de tête assez sec.

Se disant qu'il ne lui pardonnerait jamais (non plus qu'à Puddlegum), Eustache s'humecta les lèvres et cria à l'attention du roi géant :

– Si tel est votre bon plaisir, Sire, Celle-à-la-robe-verte, qui vous adresse par notre intermédiaire ses salutations, nous a dit que vous aimeriez bien nous avoir pour votre festin d'Automne.

Le roi géant et sa reine se regardèrent, échangèrent un hochement de tête, et sourirent d'une façon que Jill ne trouva pas exactement à son goût. Elle aimait mieux le roi que la reine. Il avait une belle barbe bouclée, un nez d'aigle très marqué et, pour un géant, il était plutôt bien de sa personne. La reine était terriblement grosse, avec un double menton et un visage gras, poudré – ce qui n'est pas très joli en général, mais paraît évidemment bien pire quand il est dix fois trop gros. Puis le roi se passa la langue sur les lèvres. Cela peut arriver à tout le monde, mais sa langue était si grande et si rouge, et sortit de façon tellement inattendue que Jill en fut toute bouleversée.

– Oh ! quels bons enfants ! dit la reine.

« Peut-être est-elle la plus gentille des deux, après tout », se dit Jill.

– Oui, tout à fait, opina le roi. D'excellents enfants, vraiment. Nous vous souhaitons la bienvenue à notre cour. Serrez-moi la main.

Il tendit son énorme main droite – très propre et ornée d'innombrables bagues, mais aux ongles terriblement pointus. Elle était beaucoup trop grande pour serrer celle que les enfants lui tendaient en retour, alors il leur serra les bras.

– Et qu'est-ce que c'est que ça ? demanda le roi en désignant le touille-marais.

– Rechpectouillemarais, dit Puddlegum.

– Oh ! hurla la reine en resserrant sa robe autour de ses chevilles. L'horrible chose ! Elle est vivante.

– Il est absolument inoffensif, Votre Majesté, vraiment, il est très bien, se hâta de dire Eustache. Vous l'aimerez beaucoup quand vous le connaîtrez. J'en suis sûr.

J'espère que vous n'allez pas vous désintéresser totalement de Jill pour tout le reste de cette histoire si je vous dis qu'à cet instant elle fondit en larmes. Elle ne manquait pas d'excuses. Ses mains, ses pieds, ses oreilles et son nez commençaient juste à se dégeler : de la neige fondue dégoulinait de ses vêtements et, de toute

la journée, elle avait à peine absorbé de quoi soutenir un malade affaibli si bien que ses jambes lui faisaient tellement mal qu'elle ne pensait pas pouvoir rester debout beaucoup plus longtemps. De toute façon, cela fit plus pour eux sur le moment que n'importe quoi d'autre, car la reine dit :

— Ah ! les pauvres enfants ! Mon seigneur, nous avons mal agi en laissant debout nos hôtes. Vite, quelqu'un ! Emmenez-les. Donnez-leur à manger, du vin, des bains chauds. Consolez la jeune fille. Donnez-lui des sucettes, donnez-lui des poupées, donnez-lui des médicaments, donnez-lui tout ce que vous pouvez imaginer… des tisanes, des bonbons aux graines de carvi, des berceuses et des jouets. Ne pleure pas, petite fille, ou tu ne seras plus bonne à rien le jour du festin.

Jill était indignée, exactement comme vous et moi l'aurions été à l'évocation de jouets et de poupées et, bien qu'elle ne dédaignât pas, en général, les sucettes et les bonbons, elle espéra qu'on lui donnerait quelque chose de plus consistant. Le ridicule discours de la reine produisit cependant d'excellents effets car, immédiatement, deux gigantesques valets de pied s'emparèrent de Puddlegum et d'Eustache, une gigantesque dame d'honneur fit de même avec Jill, et on les emporta dans leurs chambres.

Celle de Jill avait à peu près les dimensions d'une église, et aurait été plutôt sinistre si un feu n'avait crépité dans la cheminée, devant laquelle s'étendait un tapis cramoisi très épais. La fillette fut confiée aux soins de la vieille nourrice de la reine qui, aux yeux des géants, était une petite vieille presque pliée en deux par l'âge et, aux yeux des humains, une géante assez petite pour aller et venir dans une chambre normale sans se cogner la tête contre le plafond. Elle était extrêmement compétente, bien que Jill eût préféré qu'elle ne fît pas claquer sa langue sans cesse en disant des choses du genre : « Oh ! là, là ! Allez, hop ! » ou « En voilà un petit lapin ! » ou encore « Maintenant on va être bien, mon chou. » Elle remplit un bidet géant avec de l'eau chaude et aida la fillette à y monter. Quand on sait nager (ce qui était le cas de Jill), un bain géant est quelque chose de merveilleux. Et des serviettes géantes, quoiqu'un peu rêches, c'est merveilleux aussi, parce qu'il y en a des dizaines de mètres carrés. En fait, on n'a pas du tout besoin de s'essuyer avec, on se roule simplement dans leurs plis devant le feu, avec délice. Quand ce fut fini, on revêtit Jill de vêtements propres, nets, réchauffés : des vêtements vraiment splendides bien qu'un peu trop grands pour elle, mais faits, à l'évidence, pour des humains, pas pour des géants. « Je suppose que si cette dame à la robe verte vient ici, ils doivent être habitués à recevoir des invités de notre taille », pensa Jill.

Elle vit bientôt qu'elle avait raison sur ce point, car une table et une chaise de la taille convenable pour un adulte humain ordinaire furent disposées à son intention, et les couteaux, les fourchettes, les cuillères étaient aussi de la bonne taille. C'était délicieux de s'asseoir en se sentant enfin propre et au chaud. Elle était encore pieds nus et il était merveilleux de fouler le tapis géant. Elle s'y enfonçait jusqu'aux chevilles, et même au-delà – et c'était l'idéal pour des pieds douloureux. Le repas – que l'on devait, je suppose, appeler un dîner, bien que l'heure du thé fût encore proche – comportait un potage à la volaille et aux poireaux, de la dinde rôtie servie bien chaude, un pudding cuit à la vapeur, des marrons chauds et autant de fruits qu'on pouvait en manger.

La seule chose agaçante, c'était que la nourrice n'arrêtait pas d'entrer et de sortir et, chaque fois qu'elle entrait, elle apportait avec elle un jouet gigantesque… une énorme poupée, plus grande que la fillette elle-même, un cheval de bois à roulettes à peu près de la taille d'un éléphant, un tambour qui avait l'air d'un gazomètre, et un agneau laineux. C'étaient des objets grossièrement taillés et peints de couleurs criardes, et

Jill les trouvait très laids. Elle répéta à maintes reprises à la nourrice qu'elle n'en voulait pas, mais celle-ci lui répondit :

– Tut-tut-tut-tut. Vous serez bien contente de les trouver quand vous vous serez un peu reposée, je le sais ! Ti-hi-hi ! Au dodo, maintenant, mignon petit chou !

Le lit n'était pas une couche de géant, mais seulement un grand lit à baldaquin, comme on peut en voir dans des hôtels à l'ancienne mode ; et il paraissait tout petit dans cette chambre immense. Jill fut très heureuse de s'y pelotonner.

– Est-ce qu'il neige encore, nourrice ? demanda-t-elle d'une voix ensommeillée.

– Non, il pleut, maintenant, mon petit chou ! La pluie va nettoyer toute cette sale neige. Demain, le mignon petit lapin pourra aller jouer dehors !

Puis elle borda Jill en lui souhaitant une bonne nuit.

Je ne connais rien de plus désagréable que d'être embrassé par une géante. Jill se dit la même chose mais, cinq minutes plus tard, elle dormait.

La pluie tomba toute la soirée et toute la nuit, giclant contre les fenêtres du château. Elle ne l'entendit pas et dormit profondément, laissant passer l'heure du souper, laissant passer minuit. Puis vint l'heure la plus morte de la nuit et, à part les souris, rien ne bougeait dans la maison des géants. Jill se mit alors à rêver. Elle eut l'impression de se réveiller dans la même chambre : elle vit le feu, affaissé et rougeoyant et, dans la lumière du feu, le grand cheval de bois. Et ce cheval

125

avançait de sa propre initiative, sur ses roues, et traversait le tapis. Enfin, il s'arrêta près de sa tête. Ce n'était plus un cheval, mais un lion aussi grand que le cheval. Un vrai lion, le vrai Lion, exactement tel qu'elle l'avait vu sur la montagne au-delà du Bout-du-Monde. Et la chambre se trouva envahie de l'odeur de toutes les choses du monde qui sentent bon. Mais quelque chose n'allait pas, Jill en était consciente, bien qu'elle ne sût pas ce que c'était, et les larmes coulaient sur son visage et mouillaient son oreiller. Le Lion lui demanda de répéter les signes, et elle découvrit qu'elle les avait tous oubliés. Sur ce, elle fut submergée de terreur. Aslan la prit entre ses mâchoires (elle sentit ses lèvres et son souffle, mais pas ses crocs), la porta jusqu'à la fenêtre et la força à regarder dehors. Il y avait un beau clair de lune et, écrit en lettres immenses en travers du monde ou bien du ciel (elle ne savait pas exactement), elle put lire les mots « En dessous de moi ». Après cela, le rêve se dissipa et, quand elle s'éveilla, elle ne se souvenait plus du tout d'avoir rêvé.

Elle était debout, habillée, et avait fini de prendre son petit déjeuner devant le feu quand la nourrice ouvrit la porte en disant :

– Voilà les petits amis de mon petit trésor qui sont venus jouer avec elle.

Eustache et Puddlegum entrèrent.

– Bonjour ! leur dit Jill. C'est drôle, non ? J'ai dormi près de quinze heures, je crois. Je me sens mieux, et vous ?

– Moi aussi, répondit Eustache, mais Puddlegum dit qu'il a mal à la tête. Eh ! Il y a une banquette sous ta fenêtre. En montant dessus, on pourrait regarder dehors.

Aussitôt dit, aussitôt fait. Au premier regard, Jill s'exclama :

– Oh ! c'est absolument affreux !

Le soleil brillait et, à l'exception de quelques congères, la neige avait été presque complètement lavée par la pluie. Très en dessous d'eux, s'étendant comme une carte géographique, se trouvait le sommet de la colline qu'ils avaient traversée la veille à grand-peine. On ne pouvait pas s'y tromper : c'étaient les ruines d'une cité gigantesque. Le sol était encore presque entièrement dallé, bien que, par endroits, le pavage en fût brisé. Les remblais qu'ils avaient escaladés n'étaient autres que les vestiges des murs d'immenses bâtiments qui autrefois avaient pu être des palais et des temples de géants. Un mur, d'environ cent cinquante mètres de haut, était encore debout. Jill l'avait pris pour une falaise. Les choses qui ressemblaient à d'immenses cheminées d'usine étaient des piliers, brisés à des hauteurs différentes et à leur pied gisaient des fragments abattus, semblables à des arbres de pierre d'une taille monstrueuse. Les rebords qu'ils avaient descendus du côté nord de la colline – et, sans aucun doute, ceux qu'ils avaient dû escalader du côté sud – étaient les marches qui subsistaient d'un escalier géant. Pour couronner le tout, en grandes lettres sombres traversant le pavage en son milieu, couraient les mots « En dessous de moi ».

Les trois voyageurs se regardèrent avec consternation et, avec un sifflement bref, Eustache lâcha ce qu'ils pensaient tous :

— Loupés, le deuxième et le troisième signe.

Et, à cet instant, le rêve de Jill lui revint brutalement en mémoire.

— C'est ma faute, dit-elle avec un accent désespéré. J'ai… j'ai abandonné la répétition des signes tous les soirs. Si je les avais eus en tête, j'aurais pu voir qu'il s'agissait d'une cité, même avec toute cette neige.

— J'ai fait pire, dit Puddlegum. J'ai vraiment vu, ou à peu de chose près. Je me disais que ça ressemblait incroyablement à une cité en ruine.

— Vous êtes le seul auquel on ne puisse rien reprocher, répliqua Eustache. Vous avez *essayé* de nous arrêter.

— Pas suffisamment, en tout cas. Et avoir essayé ne peut pas me disculper. J'aurais dû le faire. Comme si je n'avais pas pu arrêter d'une seule main chacun de vous deux !

— La vérité, dit Eustache, c'est qu'on avait si terriblement envie d'arriver ici qu'on ne se préoccupait de rien d'autre. En ce qui me concerne, en tout cas. Depuis le moment où nous avons rencontré cette femme avec le chevalier silencieux, nous n'avons plus pensé à rien d'autre. On avait presque oublié le prince Rilian.

— Ça ne m'étonnerait pas, dit Puddlegum, que ce soit exactement ce qu'elle voulait.

— Ce que je ne comprends pas vraiment, dit Jill, c'est

que nous n'ayons pas vu l'inscription. À moins qu'elle ne soit là que depuis la nuit dernière ? Est-ce qu'il aurait pu – Aslan – l'y avoir mise pendant la nuit ? J'ai fait un rêve si étrange.

– Idiote ! lui dit Eustache. Nous l'avons vue, en fait. Nous sommes allés à l'intérieur des lettres. Tu ne comprends pas ? On est allé dans la lettre E. C'était ton chemin souterrain. On a marché le long de la base du E, plein nord… on a tourné à droite pour suivre le jambage… on est arrivé à un autre tournant à droite – la barre du milieu – puis on a continué jusqu'au coin en haut à gauche ou, si tu préfères, le coin nord-est de la lettre, et on est revenu. Comme les sacrés imbéciles que nous sommes.

Il tapa du pied avec fureur sur la banquette de la fenêtre et poursuivit :

– Alors, ça ne sert à rien, Pole. Je sais à quoi tu viens de penser, parce que j'étais en train de me dire la même chose. Tu pensais que ce serait tellement bien si Aslan n'avait gravé les instructions sur les pierres de la cité des Ruines qu'après notre passage ! Alors, tout aurait été sa faute, pas la nôtre. Ça y ressemblait tellement, pas vrai ? Eh bien, non. Il ne nous reste qu'à prendre nos responsabilités. On n'avait que quatre signes pour nous guider, et on a loupé les trois premiers.

– Dis plutôt que *je* les ai loupés, dit Jill. C'est tout à fait vrai. Je n'ai pas cessé de tout gâcher à partir du moment où tu m'as amenée ici. Tout de même – je suis terriblement désolée, et tout ça –, mais tout de même, qu'est-ce que c'est que ces instructions ? « En dessous de moi » ? Ça ne veut rien dire !

– Si, dit Puddlegum, cela signifie que nous devons rechercher le prince sous cette cité.

– Mais comment faire ? demanda Jill.

– C'est toute la question, répondit-il en frottant ses grandes mains de grenouille l'une contre l'autre. Comment faire, maintenant ? Sans aucun doute, si on avait eu notre boulot en tête quand on était dans la cité des Ruines, on nous aurait montré comment... en nous aidant à trouver une petite porte, une caverne, ou un tunnel ; nous aurions pu aussi rencontrer quelqu'un qui nous aurait aidés. Peut-être bien (on ne sait jamais) Aslan lui-même. On serait descendus sous ces blocs de pierre d'une façon ou d'une autre. Les instructions d'Aslan ne trompent jamais. Il n'y a aucune exception. Mais comment faire maintenant ?... C'est une tout autre histoire.

– Eh bien, il faudra juste y retourner, je pense, dit Jill.

– Facile, non ? répondit Puddlegum. On pourrait essayer d'ouvrir cette porte, pour commencer.

Ils regardèrent la porte et constatèrent qu'aucun d'eux ne pouvait en atteindre la poignée et que, presque certainement, ils ne pourraient pas la tourner.

– Vous croyez qu'ils ne nous laisseraient pas partir si nous leur demandions ? risqua Jill.

Et personne ne le dit, mais tous pensèrent : « Et à supposer qu'ils refusent ? »

Ce n'était pas une supposition agréable. Puddlegum

était farouchement contre l'idée de dire aux géants la vérité sur leur mission. Et, bien sûr, les enfants ne pouvaient la révéler sans sa permission, car ils devaient tenir leur promesse. Et tous trois étaient pratiquement sûrs de ne pouvoir s'échapper du château la nuit. Une fois qu'ils seraient dans leurs chambres, avec les portes fermées, ils seraient prisonniers jusqu'au matin. Ils pourraient, bien sûr, demander qu'on laisse leurs portes ouvertes, mais cela éveillerait les soupçons.

– Notre seule chance, dit Eustache, est d'essayer de nous glisser dehors en plein jour. Est-ce qu'il n'y a pas une heure de l'après-midi où la plupart des géants sont endormis ?… Si nous pouvions nous faufiler dans la cuisine, nous trouverions peut-être une porte ouverte par-derrière.

– Ce n'est pas vraiment ce que j'appelle une chance, dit le touille-marais. Mais c'est sans doute la seule.

En fait, le plan d'Eustache n'était pas tout à fait aussi désespéré qu'on pourrait le penser. Si on veut tenter de sortir d'une maison sans être vu, le milieu de l'après-midi est, à certains égards, un meilleur moment que le milieu de la nuit. Portes et fenêtres ont plus de chances d'être ouvertes et, si on se fait prendre, on peut toujours prétendre qu'on n'avait pas l'intention d'aller loin et qu'on n'avait rien de particulier en tête. (Il est très difficile de faire croire ça, que ce soit à des géants ou à des adultes, si quelqu'un vous trouve en train de sortir de votre chambre par la fenêtre à une heure du matin.)

– Il faut quand même désarmer leur méfiance, ajouta

Eustache. Nous devons faire semblant d'adorer être ici et d'avoir hâte de voir arriver ce festin d'Automne.

– C'est demain soir, dit Puddlegum. J'ai entendu l'un d'entre eux le dire.

– Je vois, dit Jill. Il nous faut faire semblant d'être très excités à ce propos, et poser des questions sans arrêt. De toute façon, ils nous prennent pour des bébés, ce qui va faciliter les choses.

– Joyeux, lâcha Puddlegum avec un profond soupir. C'est ce qu'on doit être. Joyeux. Comme si on n'avait pas le moindre souci sur cette terre. Guillerets. Vous deux, les jeunes, j'ai remarqué que vous n'aviez pas toujours très bon moral. Vous devez m'observer, et faire ce que je fais. Je vais être joyeux. Comme ça…

Et il mima un sourire sinistre.

– … et guilleret…

Il esquissa un entrechat des plus funèbres.

– Vous vous y mettrez vite, si vous gardez un œil sur moi. On me considère déjà comme un joyeux drille, vous savez. Hier soir, vous avez dû penser tous deux que j'étais un rien soûl, mais je tiens à vous assurer que c'était – enfin, pour la plus grande part, en tout cas – simulé. J'avais dans l'idée que ça pourrait être utile d'une façon ou d'une autre.

Plus tard, quand ils raconteraient leurs aventures, les enfants ne parviendraient jamais à se convaincre tout à fait que cette dernière déclaration ait été l'exact reflet de la vérité. Mais ils seraient convaincus, en revanche, que Puddlegum, sur le moment, la croyait vraie.

– D'accord. Le mot clef, c'est « joyeux », dit Eustache. Maintenant il faudrait trouver quelqu'un pour ouvrir cette porte. Tout en folâtrant et en nous montrant joyeux, il nous faut rassembler toutes les informations possibles sur ce château.

Par chance, à l'instant même la porte s'ouvrit et la nourrice fit irruption en disant :

– Là, mes petits choux. Ça vous plairait de venir voir le roi et toute la cour partir pour la chasse ? C'est un si joli spectacle !

Sans perdre de temps, ils se précipitèrent et dévalèrent le premier escalier qu'ils trouvèrent sur leur chemin. Guidés par le bruit que faisaient les chiens, les trompes de chasse et les voix des géants, ils atteignirent la cour d'honneur en quelques minutes. Les géants étaient tous à pied, car il n'y a pas de chevaux géants dans cette partie du monde, et la chasse se fait donc à pied. Les chiens de meute étaient eux aussi d'une taille normale. Quand Jill vit qu'il n'y avait pas de chevaux, elle fut d'abord terriblement déçue, car elle se dit que la grande et grosse reine ne pourrait jamais suivre les chiens à pied et que ce serait une vraie malchance, pour eux, si elle restait toute la journée à la maison. Puis elle aperçut la reine dans une sorte de litière que six jeunes géants portaient sur leurs épaules. Cette vieille créature stupide était tout de vert vêtue, avec une trompe de chasse à son côté. Vingt à trente géants, parmi lesquels se trouvait le roi, étaient rassemblés, prêts au départ, tous bavardant et riant à vous rendre sourd. Et plus bas, à la hauteur de Jill, il y avait des queues de chiens qui s'agitaient, des aboiements et des truffes qui s'enfonçaient dans vos mains. Alors que Puddlegum commençait tout juste à exhiber ce qu'il pensait être une attitude joyeuse et pleine d'entrain (qui, si quelqu'un l'avait remarquée, aurait pu tout gâcher), Jill arbora son sourire enfantin le plus séduisant et se précipita jusqu'à la litière de la reine en lui criant :

– Oh ! s'il vous plaît ! Vous n'allez pas partir ? Est-ce que vous reviendrez ?

– Oui, ma chérie. Je serai de retour ce soir.

– Ah ! Bon ! C'est formidable ! Et on pourra venir au festin demain soir, non ? On a tellement hâte d'être à demain soir ! On adore vraiment être ici. Et pendant que vous serez partie, est-ce qu'on peut courir dans tout le château et tout visiter, est-ce qu'on peut ? Oh ! Dites-moi oui !

Et c'est ce que fit la reine. Mais tous les courtisans partirent alors d'un rire à se casser la voix.

Chapitre 9

Comment ils découvrirent quelque chose qu'ils avaient intérêt à savoir

Les autres devaient admettre par la suite que, ce jour-là, Jill avait été merveilleuse. Dès que le roi et le reste des chasseurs furent partis, elle commença à faire le tour de tout le château en posant des questions, mais toujours d'une façon si innocente et enfantine que personne ne pouvait la soupçonner de nourrir un dessein secret. Bien que sa langue ne fût jamais en repos, on ne pouvait guère dire qu'elle parlait : elle babillait en gloussant. Elle faisait la cour à tout le monde… aux valets, aux concierges, aux servantes, aux dames d'honneur, et aux vieux géants qui avaient passé l'âge de chasser. Elle se pliait de bonne grâce aux baisers et caresses de toutes les géantes qui le voulaient, dont beaucoup avaient l'air désolé pour elle et l'appelaient « pauvre petite chose » sans qu'aucune d'entre elles prît la peine d'expliquer pourquoi. Elle devint tout spécialement amie avec la cuisinière et découvrit un fait de première importance, à savoir qu'il y avait une porte de service qui permettait de sortir directement par le mur d'enceinte, sans avoir à traverser la cour d'honneur ni passer par le grand porche et sa conciergerie. Dans la cuisine, elle fit semblant d'être affamée et mangea toutes sortes de bons petits plats que la cuisinière et les marmitons étaient ravis de lui servir. Mais en haut, parmi les dames, elle posa des questions pour savoir comment elle serait habillée pour le grand festin, et combien de temps elle serait autorisée à rester, et si elle danserait avec un très, mais alors très petit géant. Puis (cela lui donnait chaud partout quand elle s'en souvenait après coup), elle inclinait la tête sur le côté de cet air idiot que les adultes, géants et autres, trouvent tout à fait charmant, secouait ses boucles, et disait en se trémoussant :

– Oh ! je voudrais tant qu'on soit demain soir, pas vous ? Est-ce que vous pensez que le temps va passer vite jusque-là ?

Et toutes les géantes disaient qu'elle était un parfait petit amour et certaines se tamponnaient les yeux avec d'énormes mouchoirs comme si elles étaient sur le point de fondre en larmes.

– Ce sont d'adorables petites choses à cet âge, dit l'une d'elles à une de ses voisines. On trouverait presque dommage que…

Eustache et Puddlegum, eux aussi, firent de leur mieux, mais pour ce genre de choses les petites filles sont meilleures que les garçons. Et les garçons eux-mêmes s'en tirent mieux que les touille-marais.

À l'heure du déjeuner, il se passa quelque chose qui les rendit tous trois plus impatients que jamais de quitter le château des Gentils Géants. Ils prenaient leur repas dans la grande salle, à une petite table dressée pour eux près de la cheminée. À une plus grande table, vingt mètres plus loin, une demi-douzaine de vieux géants déjeunaient aussi. Leur conversation était si bruyante et portait si loin que, très vite, les enfants n'y prêtèrent pas plus d'attention qu'à des Klaxons derrière la fenêtre ou des bruits de circulation dans la rue. Ils mangeaient du gibier froid, un genre de mets dont Jill n'avait jamais goûté auparavant, et qu'elle appréciait.

Soudain, Puddlegum se tourna vers eux. Son visage était devenu si blanc qu'on pouvait en deviner la pâleur à travers son teint boueux. Il dit :

— N'en mangez plus un seul morceau.

— Qu'est-ce qui ne va pas ? demandèrent les deux autres dans un souffle.

— Vous n'avez pas entendu ce que disaient ces géants ? « C'est admirablement tendre pour un arrière-train de venaison », disait l'un. « Alors, ce cerf-là était un menteur », répondait un autre. « Pourquoi ? » a demandé le premier. « Oh ! on raconte que, quand il a été pris, il a dit : "Ne me tuez pas, ma viande est dure, vous n'aimerez pas ça." »

Pendant un instant, Jill ne se rendit pas tout à fait compte de ce que ces mots signifiaient. Mais elle comprit quand les yeux d'Eustache se dilatèrent d'horreur et qu'il dit :

– Alors, nous étions en train de manger un cerf parlant.

Cette découverte n'eut pas exactement le même effet sur chacun d'entre eux. Jill, qui était nouvelle dans cet univers, fut désolée pour le pauvre cerf et trouva ignoble de la part des géants de l'avoir tué. Eustache, qui était déjà venu auparavant dans cet univers et qui comptait au moins un animal parlant au nombre de ses meilleurs amis, fut horrifié ; tout comme on peut l'être à propos d'un meurtre. Mais Puddlegum, né à Narnia, était malade et prêt à s'évanouir, et se sentait comme quelqu'un qui vient de découvrir qu'il a mangé un bébé.

– Nous avons attiré sur nous la colère d'Aslan, dit-il. Voilà ce qui arrive quand on néglige les signes. Nous sommes victimes d'une malédiction, c'est certain. Si cela nous était permis, la meilleure chose qu'on pourrait faire, ce serait de prendre ces couteaux et de nous les plonger dans le cœur.

Et, peu à peu, Jill elle-même en vint à adopter ce point de vue. De toute façon, aucun d'entre eux ne pouvait plus avaler une seule bouchée. Et, dès qu'ils pensèrent qu'ils pouvaient le faire sans risque, ils se glissèrent silencieusement hors de la grande salle.

On approchait maintenant de ce moment de la journée dont dépendaient leurs espoirs de fuite, et tous trois se sentaient nerveux. Ils traînaient dans les couloirs en attendant que tout fût enfin tranquille. Les géants restèrent assis dans la grande salle terriblement longtemps après la fin du repas. Celui qui était chauve racontait une histoire. Quand ce fut fini, nos trois voyageurs descendirent nonchalamment jusqu'à la cuisine. Mais de nombreux géants se trouvaient encore à l'office, en train de faire la vaisselle et de ranger. C'était une agonie que d'attendre qu'ils eussent fini leur travail et que, un par un, ils essuient leurs mains avant de s'en aller. Finalement, il ne resta qu'une seule vieille géante dans la pièce. Elle s'activait, suivant son petit train-train, et les trois voyageurs finirent par se rendre compte, avec horreur, qu'elle ne prévoyait pas du tout de s'en aller.

– Bon, mes chéris, leur dit-elle. J'ai presque fini mon travail. On va mettre la bouilloire là. Ça va nous faire une bonne tasse de thé. Maintenant, je peux me reposer un peu. Soyez mignons, mes petits choux, regardez juste dans l'office et dites-moi si la porte de derrière est ouverte.

– Oui, elle est ouverte, dit Eustache.

– Très bien. Je la laisse toujours ouverte pour que mon minet puisse entrer et sortir, le pauvre petit.

Puis elle s'assit sur une chaise et posa ses pieds sur une autre.

– J'aimerais bien faire un petit somme, dit la géante. Si seulement ces damnés chasseurs ne reviennent pas trop vite.

En l'entendant parler d'un petit somme, ils sentirent leur moral remonter en flèche, puis retomber quand elle évoqua le retour des chasseurs.

– Quand est-ce qu'ils reviennent, d'habitude ? demanda Jill.

– On peut jamais dire, répondit-elle. Allez, restez un peu tranquilles, mes chéris.

Ils se replièrent à l'autre bout de la cuisine, et se seraient glissés dans l'office tout de suite si la géante ne s'était pas redressée sur son séant pour chasser une mouche importune.

– N'essayez rien avant d'être sûrs qu'elle dort vraiment, chuchota Eustache. Ou ça pourrait tout gâcher.

Alors, ils se tassèrent au fond de la cuisine pour guetter et attendre. C'était terrible de penser que les chasseurs pouvaient revenir à tout moment. Et la géante était agitée. Dès qu'ils l'imaginaient vraiment endormie, elle bougeait.

« Je ne peux pas supporter ça », se dit Jill. Pour penser à autre chose, elle se mit à regarder autour d'elle. Juste en face, il y avait une large table, propre, avec deux moules à tarte posés dessus, propres aussi, et un livre ouvert. C'étaient des moules à tarte géants, bien sûr, et Jill se dit qu'elle aurait pu se coucher très confortablement dans l'un d'eux. Puis elle se hissa sur un banc pour examiner le livre. Elle lut :

GROUSE: *Ce délicieux volatile peut être préparé de plusieurs façons.*

« C'est un livre de cuisine », se dit-elle sans plus s'y intéresser, et elle jeta un coup d'œil par-dessus son épaule. La géante avait les yeux fermés, mais elle n'avait pas l'air de dormir vraiment. Jill jeta un nouveau coup d'œil sur le livre. Il était rédigé par ordre

141

alphabétique. À l'article suivant, son cœur s'arrêta presque de battre.

HOMME : *Cet élégant petit bipède a été longtemps considéré comme un morceau délicat. C'est une composante traditionnelle du festin d'Automne, et on le sert entre le poisson et le rôti. Chaque homme...*

Mais elle ne put supporter d'en lire plus. Elle se retourna. La géante s'était réveillée, prise d'une quinte de toux. Jill secoua les deux autres et leur montra le livre. Ils la rejoignirent sur le banc et se penchèrent sur les énormes pages. Eustache était encore en train de lire comment on fait cuire un Être humain quand Puddlegum lui montra l'article juste en dessous.

HUMANOÏDE DES MARÉCAGES, *dit « TOUILLE-MARAIS »* : *Certaines autorités culinaires rejettent totalement cet animal comme impropre à la consommation des géants à cause de sa consistance filandreuse et de son arrière-goût boueux. Cet arrière-goût peut, cependant, se trouver considérablement atténué par...*

Jill, à ce moment, toucha tout doucement le pied du touille-marais. Tous trois regardèrent de nouveau la géante. Elle avait la bouche légèrement ouverte et son nez faisait un bruit qui leur parut à cet instant plus agréable que n'importe quelle musique : elle ronflait. Ils prirent garde à bien marcher sur la pointe des pieds, sans se risquer à aller trop vite et, osant à peine respirer, sortirent en traversant l'office (les offices de géants sentent horriblement mauvais), pour finalement se retrouver dehors, dans le pâle soleil d'un après-midi d'hiver.

Ils étaient en haut d'un petit sentier rocailleux qui descendait en pente raide. Et, grâce au ciel, du bon côté du château : la cité en ruine était en vue. En quelques minutes, ils se trouvèrent de nouveau sur la grande route escarpée qui descendait de la porte principale. Mais on pouvait les voir de n'importe quelle fenêtre de la façade du château. S'il s'était agi d'une, de deux, ou de cinq fenêtres, il y aurait eu une chance raisonnable que personne ne fût en train de regarder à l'extérieur. Mais il y en avait plutôt cinquante que cinq. Ils se rendaient également compte, à présent, que la route et, en fait, tout l'espace qui les séparait de la cité des Ruines n'offraient pas même de quoi dissimuler un renard, ce n'était qu'herbe sauvage, cailloux et pierres plates. Pour aggraver les choses, ils portaient toujours les vêtements que les géants leur avaient fournis la nuit précédente, sauf Puddlegum, qui n'avait rien trouvé à ses mesures. Jill était vêtue d'une robe vert vif, un peu trop longue pour elle, sous un manteau écarlate ourlé de fourrure blanche. Eustache avait des chausses rouge vif, une tunique bleue, une grande cape, une épée à la poignée dorée et un bonnet à plumes.

— Jolies petites taches de couleur, murmura Puddlegum. Cela se voit vraiment bien un jour d'hiver. Le plus mauvais archer du monde ne pourrait vous manquer ni l'un ni l'autre si vous étiez à sa portée. Et, à propos d'archers, nous allons regretter avant longtemps de ne pas avoir nos propres arcs, ou j'en serais très étonné. Un peu légers aussi, ces vêtements que vous portez, non ?

— Oui, je suis déjà gelée, répondit Jill.

Quelques minutes plus tôt, quand ils étaient dans la cuisine, elle se disait que, si jamais ils pouvaient sortir du château, ils seraient pratiquement au bout de leurs peines. Elle se rendait compte maintenant que la partie la plus dangereuse de leur fuite était encore à venir.

— Du calme, du calme, leur dit Puddlegum. Ne regardez pas en arrière. Ne marchez pas trop vite. Quoi qu'il arrive, ne courez pas. Ayons juste l'air de faire un petit tour et comme ça, si quelqu'un nous voit, il pourrait bien, sait-on jamais, ne pas s'en inquiéter. À l'instant même où nous aurions l'air de gens en train de se sauver, nous serions perdus.

La distance qui les séparait de la cité des Ruines paraissait excéder tout ce que Jill aurait cru possible. Mais, petit à petit, ils la couvraient. Puis retentit un bruit. Les deux autres en eurent le souffle coupé. Jill, qui ne savait pas ce que c'était, demanda :

– Qu'est-ce que c'est que ça ?

– Trompe de chasse, chuchota Eustache.

– Mais ne courez pas, même maintenant, leur dit Puddlegum. Pas avant mon signal.

Cette fois, Jill ne put se retenir de jeter un coup d'œil par-dessus son épaule. Là, à moins d'un kilomètre derrière eux, sur la gauche, la chasse rentrait.

Ils continuèrent à marcher. Soudain, une grande clameur se fit entendre, puis des cris.

– Ils nous ont vus. Courez, dit le touille-marais.

Jill rassembla autour d'elle les plis de sa longue jupe – une chose horrible pour courir – et s'élança. On ne pouvait douter du danger à présent. Elle entendait les abois des chiens de chasse. Elle entendait la voix du roi rugissant :

- Rattrapez-les, rattrapez-les, ou nous n'aurons pas de tartes à l'homme demain.

Elle était la dernière des trois maintenant, encombrée par sa robe, glissant sur les pierres, les cheveux dans la bouche, des douleurs aiguës lui déchirant la poitrine. Les chiens étaient beaucoup plus près. Il fallait qu'elle atteignît le sommet de la colline, en haut de la pente caillouteuse qui menait à la première marche de l'escalier géant. Elle n'avait pas la moindre idée de ce qu'ils feraient en y arrivant. Mais elle n'y pensait

145

pas. Elle était maintenant comme un animal pour-
chassé ; tant que la meute serait après elle, il lui fallait
courir jusqu'à ce qu'elle s'effondrât.

Le touille-marais était en tête. En arrivant à la première marche, il s'arrêta et, d'un seul coup, fila comme
une flèche dans une sorte de crevasse qui s'ouvrait au
ras du sol. Ses longues jambes, au moment où elles y
disparurent, ressemblaient vraiment beaucoup à des
pattes d'araignée. Eustache hésita, puis disparut à sa
suite. Jill, hors d'haleine et chancelante, arriva sur
place environ une minute plus tard. Ce trou n'avait
rien d'attirant… ce n'était qu'une fissure entre la terre
et la pierre, d'environ un mètre de long et d'à peine
plus de trente centimètres de haut. Il fallait se jeter à
plat ventre et ramper. Elle se dit que, à coup sûr, les
crocs d'un chien se refermeraient sur son talon avant
qu'elle ait réussi à s'y faufiler.

– Vite, vite, des pierres. Bouchez l'ouverture, dit la voix de Puddlegum dans l'obscurité à côté d'elle.

Il faisait noir comme dans un four, à l'exception de la lueur grise de l'ouverture par laquelle ils étaient entrés. Les deux autres s'activaient. Elle voyait les petites mains d'Eustache et les grandes mains de grenouille du touille-marais, se détachant à contre-jour, s'affairer désespérément à empiler des pierres. Puis elle comprit combien c'était important et se mit elle aussi à tâtonner à la recherche de grosses pierres pour les tendre aux autres. Avant que les chiens aient commencé d'aboyer devant l'orifice, ils l'avaient presque entièrement comblé ; et alors, bien sûr, il n'y eut plus de lumière du tout.

– Enfonçons-nous plus loin, vite, dit la voix de Puddlegum.

– Tenons-nous tous par la main, dit Jill.

– Bonne idée, dit Eustache.

Mais cela leur prit un bon bout de temps pour trouver la main des autres dans l'obscurité. Les chiens, à présent, reniflaient de l'autre côté de l'empilement de rochers.

– Essayons de voir si nous pouvons nous mettre debout, suggéra Eustache.

Ils découvrirent qu'ils le pouvaient. Alors, Puddlegum tenant Eustache par la main et Eustache tenant la main de Jill (qui aurait vraiment préféré être celle du milieu et non la dernière), ils se mirent à avancer en titubant dans l'obscurité. Sous leurs pas, il n'y avait que des pierres qui roulaient. Puis le touille-marais arriva à une paroi rocheuse. Ils tournèrent légèrement sur la droite et continuèrent. Il y eut encore pas mal de tournants. Jill n'avait absolument aucun sens de l'orientation, et aucune idée de l'endroit où se trouvait l'entrée de la grotte.

– Je me demande, dit la voix de Puddlegum dans l'obscurité, si, à tout prendre, il ne vaudrait pas mieux revenir (si c'est possible) régaler les géants à leur fichu festin, au lieu de perdre notre chemin dans les entrailles d'une colline où, à dix contre un, il doit y avoir des dragons, des gouffres profonds, des gaz asphyxiants, de l'eau et… Ouille ! Allez-vous-en ! Sauvez-vous ! Je suis…

Tout se passa très vite. Il y eut un cri sauvage, un bruit de dérapage sur de la terre et du gravier, et Jill se retrouva en train de glisser, glisser, glisser désespérément, de plus en plus vite, le long d'une pente qui devenait à chaque instant plus raide. Ce n'était pas une pente lisse et ferme, mais un éboulis de petites pierres. Même si elle avait pu se mettre debout, cela n'aurait servi à rien, elle aurait perdu de nouveau l'équilibre.

Et, plus ils glissaient, plus ils entraînaient de terre et de pierres, si bien que cette dégringolade générale s'accélérait (et eux avec) en devenant plus bruyante, plus poussiéreuse et plus sale. Aux cris aigus et aux jurons des deux autres, Jill se prit à penser que beaucoup des pierres qu'elle faisait voler allaient heurter assez violemment Eustache et Puddlegum. Elle allait maintenant à une vitesse folle et se dit qu'elle se retrouverait forcément en morceaux à l'arrivée.

Et pourtant, pour une raison ou pour une autre, ce ne fut pas le cas. Ils n'étaient plus qu'un tas d'ecchymoses, et Jill sentait sur son visage quelque chose d'humide et de collant qui avait bien l'air d'être du sang. Autour d'elle (et en partie sur elle) s'était amoncelée une telle masse de terre, de galets et de grosses pierres qu'elle n'arrivait pas à se relever. L'obscurité était si totale que d'avoir les yeux ouverts ou fermés ne changeait absolument rien. Il n'y avait pas un bruit. Ce fut de loin le pire moment que Jill eut connu dans sa vie. Et si elle était toute seule… et si les autres… Puis elle entendit bouger près d'elle. Et alors, tous trois, d'une voix enrouée, constatèrent qu'ils n'avaient rien de cassé.

– On ne pourra jamais remonter, dit la voix d'Eustache.

– Et vous avez remarqué comme il fait chaud ? dit celle de Puddlegum. Cela veut dire que nous sommes à une grande profondeur. Peut-être plus de mille mètres.

Personne ne répondit. Un peu plus tard, le touillemarais ajouta :

– J'ai perdu mon briquet d'amadou.

Après une autre longue pause, Jill dit :

– J'ai terriblement soif.

Personne ne suggéra de faire quoi que ce fût, tant il était évident qu'il n'y avait rien à faire. Pour l'instant, ils prenaient la chose plutôt moins mal qu'on n'aurait pu s'y attendre ; ils étaient tellement fatigués…

Longtemps, longtemps après, sans le moindre avertissement, une voix extrêmement étrange se mit à parler.

Ils surent à l'instant que ce n'était pas la voix, la seule dans tout l'univers que chacun d'eux avait secrètement espéré entendre, celle d'Aslan. C'était une voix sombre, terne... une voix noire comme dans un four, si vous voyez ce que je veux dire. Elle disait :

– Que faites-vous ici, créatures du Monde-d'En-Haut ?

Chapitre 10

Aventures loin du soleil

– Qui va là ? s'écrièrent les trois voyageurs.

– Je suis le gouverneur des marches du Monde-Souterrain, et j'ai à mes côtés cent hommes de la terre en armes. Dites-moi vite qui vous êtes et ce que vous cherchez dans le royaume des Profondeurs.

– Nous y sommes tombés par accident, répondit assez justement Puddlegum.

– Beaucoup y tombent, et bien peu retournent dans la lumière du soleil, dit la voix. Préparez-vous maintenant à m'accompagner auprès de la reine du royaume des Profondeurs.

– Que nous veut-elle ? demanda Eustache avec circonspection.

– Je ne sais pas, répondit la voix. Sa volonté n'est pas d'être interrogée, mais d'être obéie.

Tandis qu'il prononçait ces paroles, ils entendirent une petite explosion étouffée et, à l'instant même, une lumière froide, d'un gris bleuté, inonda la caverne. Leur interlocuteur avait parlé de cent hommes d'escorte en armes, et tout espoir que c'eût été une vaine fanfaronnade disparut à l'instant. Jill clignait des yeux, le regard fixé sur la foule dense. Il y en avait de toutes tailles : des gnomes d'à peine trente centimètres de haut et des silhouettes imposantes, plus grandes que des hommes. Chacun tenait un trident à la main, ils étaient tous affreusement pâles et se tenaient immobiles comme des statues. Cela mis à part, ils étaient très différents les uns des autres : certains avaient une queue et d'autres pas, les uns avaient de grandes barbes et les autres des visages très ronds, lisses, gros comme des citrouilles. Il y avait de longs nez pointus, de grands nez mous comme de petites trompes et d'énormes nez charnus. Plusieurs d'entre eux arboraient une corne unique au milieu du front. Mais, d'une certaine manière, ils étaient tous pareils : ces cent visages étaient aussi tristes que possible. Si tristes que, après un premier coup d'œil, Jill oublia presque d'en avoir peur. Elle se dit qu'elle aimerait bien leur remonter le moral.

– Eh bien ! dit Puddlegum en se frottant les mains. Voilà exactement ce dont j'avais besoin. Si ces gars-là ne m'apprennent pas à prendre la vie au sérieux, je me demande qui pourra le faire. Regardez ce type-là avec sa moustache gauloise… ou celui-là avec le…

– Debout, dit le chef des hommes de la terre.

Il n'y avait rien d'autre à faire. Les trois voyageurs se hissèrent tant bien que mal sur leurs pieds et se donnèrent la main. On a besoin du contact d'une main amicale dans un moment pareil. Et les hommes de la terre s'approchèrent d'eux sans faire de bruit, sur leurs grands pieds mous. Certains avaient dix orteils, d'autres douze, et d'autres aucun.

– En avant, marche, dit le gouverneur.

Et ils se mirent en route.

La lumière froide venait d'une grosse boule fixée en haut d'une longue perche, et le plus grand des gnomes, en tête de la procession, la portait. Sa faible lueur leur révélait qu'ils se trouvaient dans une caverne naturelle : les murs et la voûte étaient bosselés, tordus, tailladés en mille formes fantastiques, et le sol pierreux s'enfonçait au fur et à mesure de leur progression. C'était pire pour Jill que pour les autres, car elle détestait les endroits sombres et souterrains. Quand, plus loin, la caverne se fit plus basse et plus étroite, que, finalement, le porteur de lumière se rangea sur le côté et que les gnomes, un par un, se penchèrent (tous, sauf les plus petits) pour entrer dans une petite fente sombre et y disparaître, elle eut l'impression de ne pouvoir en supporter davantage.

– Je ne peux pas entrer là-dedans, je ne peux pas ! Je ne peux pas ! Je n'irai pas, haleta-t-elle.

L'homme de la terre ne dit rien, mais ils abaissèrent tous leurs tridents pour les pointer sur elle.

– Du calme, Pole, dit Puddlegum. Ces grands types ne ramperaient pas là-dedans si ça ne s'élargissait pas ensuite. Et il y a un truc bien dans ces souterrains, c'est qu'on ne risque pas d'avoir de la pluie.

– Oh ! vous ne comprenez pas. Je ne peux pas, gémit-elle.

– Pense à ce que moi, j'ai ressenti sur cette falaise, Pole, lui dit Eustache. Puddlegum, passez en premier, et je passerai derrière elle.

– Très bien, dit le touille-marais en se mettant à quatre pattes. Vous vous agrippez à mes talons, Pole, et Scrubb se cramponnera aux vôtres. Comme ça, on sera à l'aise.

– À l'aise ! s'exclama Jill.

Mais elle se baissa et ils se mirent à ramper sur leurs coudes. C'était un mauvais passage. Ils durent progresser à plat ventre pendant un temps qui leur parut infini, bien que leur reptation n'eût peut-être duré que cinq minutes en réalité. Il faisait chaud. Jill avait l'impression qu'elle allait étouffer. Mais, finalement, une pâle lueur se laissa deviner devant eux, le tunnel devint plus large, plus haut, et ils débouchèrent, en nage, sales et très impressionnés, dans une grotte si vaste qu'elle avait à peine l'air d'en être une.

Elle baignait dans un faible et doux rayonnement, si bien qu'ils n'avaient plus besoin de l'étrange lanterne de l'homme de la terre. Le sol en était moelleux, tapissé d'une sorte de mousse d'où s'élevaient beaucoup de formes étranges, grandes et pourvues de branches comme des arbres, mais molles comme des champignons. Elles étaient trop loin les unes des autres pour constituer une forêt. Ça ressemblait plus à un parc. La lueur (gris verdâtre) avait l'air de venir à la fois de ces formes et de la mousse, et n'était pas assez forte pour atteindre la voûte de la grotte, qui devait culminer très haut au-dessus de leurs têtes. On les força alors à se remettre en marche à travers cet endroit mou, endormi. C'était très triste, mais d'une espèce de tristesse tranquille comme de la musique douce.

Ils passèrent près de nombreux animaux bizarres, couchés sur la mousse, tous morts ou bien endormis, Jill n'aurait su le dire. La plupart étaient plus ou moins du genre dragon ou vampire ; Puddlegum n'en connaissait aucun.

– Est-ce qu'ils ont grandi ici ? demanda Eustache au gouverneur.

Ce personnage sembla surpris qu'on lui adressât la parole, mais il répondit :

– Non. Ces bêtes viennent du Monde-d'En-Haut et, en se faufilant par des gouffres et des cavernes, ont atterri dans le royaume des Profondeurs. Beaucoup y tombent, et bien peu retournent dans la lumière du soleil. On dit qu'ils se réveilleront tous à la fin du monde.

Quand il eut dit cela, sa bouche se referma hermétiquement et les enfants sentirent qu'ils n'oseraient plus parler dans le silence impressionnant de cette caverne. Les pieds nus des gnomes ne faisaient aucun bruit en foulant la mousse épaisse. Il n'y avait pas de vent, il n'y avait pas d'oiseaux, et l'on n'entendait aucun clapotis d'eau. Les animaux bizarres ne faisaient pas entendre le moindre souffle de respiration.

Quand ils eurent marché sur plusieurs kilomètres, ils parvinrent à une muraille rocheuse, percée d'une arcade basse qui conduisait à une autre grotte. Ce n'était pas, cependant, aussi malcommode que l'autre entrée, et Jill put la franchir sans incliner la tête. Ils pénétrèrent dans une caverne moins grande, étroite et longue, ayant à peu près la forme et la taille d'une cathédrale. Et là, sur presque toute la longueur, reposait un homme gigantesque, profondément endormi. Il était de loin beaucoup plus grand qu'aucun géant, et son visage ne ressemblait pas à celui d'un géant, il était beau et noble. Sa poitrine se soulevait et retombait doucement sous la barbe de neige qui le recouvrait jusqu'à la taille. Une lumière argentée, pure (personne ne vit d'où elle venait) tombait sur lui.

– Qui est-ce ? demanda Puddlegum.

Et cela faisait si longtemps que personne n'avait parlé que Jill se demanda comment il avait osé.

– C'est le vieux père Temps, qui a été roi autrefois dans le Monde-d'En-Haut, répondit le gouverneur. Maintenant, tombé dans le royaume des Profondeurs, il repose en rêvant de tout ce qui se fait là-haut. Beaucoup tombent ici et bien peu retournent dans la lumière du soleil. On dit qu'il se réveillera à la fin du monde.

En quittant cette caverne, ils passèrent dans une autre, puis dans une autre et encore une autre, et ainsi de suite jusqu'à ce que Jill cessât de les compter, mais ils descendaient toujours et chaque caverne se trouvait plus bas que la précédente, jusqu'à ce que la seule pensée de l'épaisseur de terre qu'on avait au-dessus de soi, et de son poids, devînt suffocante. Finalement, le gouverneur ordonna que sa déprimante petite lanterne fût rallumée. Ils passèrent alors dans une caverne si large et si obscure qu'ils n'en virent rien, si ce n'est que, juste devant eux, une bande de sable pâle descendait jusqu'à une eau dormante. Et là, à côté d'une petite jetée, attendait un bateau sans mât ni voile, mais pourvu de nombreuses rames. On les fit monter à bord et on les mena jusqu'à la proue. Dans un espace dégagé en face des bancs des rameurs, une banquette arrondie courait à l'intérieur du bastingage.

– Une chose que j'aimerais bien savoir, dit Puddle-gum, c'est si quelqu'un de notre monde – d'en haut, je veux dire – a déjà fait ce voyage avant nous.

– Beaucoup ont pris le bateau sur les plages pâles, répondit le gouverneur, et…

– Oui, je sais, l'interrompit Puddlegum, et bien peu sont retournés dans la lumière du soleil. Pas besoin de le redire. Vous êtes vraiment l'homme d'une seule idée, hein ?

Les enfants se blottirent contre Puddlegum. Ils l'avaient pris pour une poule mouillée tant qu'ils étaient encore à la surface, mais ici, tout en bas, il était pour eux le seul réconfort possible. Puis la pâle lanterne fut suspendue au milieu du bateau, les hommes de la terre s'assirent aux rames, et le bateau se mit en branle. La lanterne ne diffusait sa lumière qu'à courte distance. En regardant devant eux, ils ne voyaient rien d'autre qu'une eau sombre et lisse, allant se perdre dans une obscurité totale.

– Oh ! qu'est-ce qu'on va devenir ? gémit Jill avec désespoir.

– Allons, gardez le moral, Pole, lui dit le touille-marais. Il y a une chose que vous devez vous rappeler. Nous sommes revenus dans le droit chemin. Nous devions aller sous la cité des Ruines, et nous sommes dessous. Nous suivons de nouveau les instructions.

À ce moment-là, on leur apporta à manger – des gâteaux plats, mous, qui n'avaient pratiquement aucun goût. Après quoi, ils s'endormirent peu à peu. Mais, quand ils s'éveillèrent, tout était exactement pareil : les gnomes ramaient toujours, le bateau glissait toujours sur l'eau, et devant eux il faisait toujours noir comme dans un four. Combien de fois ils s'éveillèrent, se rendormirent, mangèrent, dormirent de nouveau, aucun d'eux ne pourrait jamais s'en souvenir. Le pire, c'était qu'on finissait par avoir l'impression d'avoir toujours vécu sur ce bateau, dans cette obscurité, et par se demander si le soleil, le ciel bleu, le vent et les oiseaux n'avaient pas été un rêve.

Ils avaient presque renoncé à espérer ou redouter quelque chose quand ils virent enfin des lumières devant eux : des lumières mornes, comme celle de leur propre lanterne. Puis, tout d'un coup, l'une d'elles se rapprocha et un bateau croisa le leur. D'autres suivirent. En écarquillant les yeux à se faire mal, ils virent que certaines des lumières au loin éclairaient ce qui res- semblait à des quais, des murs, des tours et une foule en mouvement. Mais l'on n'entendait pratiquement aucun bruit.

– Sacré nom, s'exclama Eustache, une ville !

Et ils virent bientôt qu'il avait raison.

Mais c'était une ville étrange. Les lumières y étaient si rares et si éloignées les unes des autres que, dans notre monde, elles auraient à peine suffi pour des chaumières clairsemées. Pourtant, ce que les lumières permettaient de voir de cet endroit ressemblait à un grand port de mer. On pouvait discerner toute une foule de bateaux que l'on chargeait ou déchargeait ; ailleurs, des ballots d'étoffe et des entrepôts ; plus loin, des murs et des piliers qui évoquaient de grands palais, ou des temples ; et toujours, partout où la lumière tombait, des hommes de la terre par centaines se bousculaient en vaquant à leurs affaires dans un doux piétinement silencieux, par des rues étroites, sur de larges places ou en montant de grands escaliers. Leur mouvement continuel produisait une sorte de bruit feutré, chuintant, à mesure que le bateau se rapprochait, mais il n'y avait aucune chanson, aucun cri, aucun bruit de cloche ni grincement de roue. La cité était comme l'intérieur d'une fourmilière, aussi silencieuse et presque aussi sombre.

Enfin, leur bateau aborda et fut amarré. On fit descendre les trois voyageurs et ils entrèrent en procession dans la cité. D'innombrables hommes de la terre, dont aucun n'était pareil aux autres, les bousculaient dans les rues bondées, et la lumière glauque tombait sur beaucoup de visages tristes et grotesques. Mais aucun ne manifesta d'intérêt pour les étrangers. Chaque gnome semblait aussi affairé qu'il était triste, bien que Jill ne pût comprendre ce qui les occupait tellement. Mais cette agitation perpétuelle, cette bousculade, cette précipitation et le doux piétinement silencieux ne cessaient pas.

Ils finirent par arriver devant ce qui semblait être un grand château, bien que peu de ses fenêtres fussent éclairées. On les fit entrer, traverser une cour, puis gravir de nombreux escaliers, jusqu'à un grand hall, tout aussi pauvrement éclairé. Mais dans un coin – Oh ! joie ! – il y avait une arcade baignée d'une lumière tout à fait différente ; la bonne lumière chaude, dorée, du genre de lampes utilisées par les humains. Ce que cette lumière permettait de voir, c'était le départ d'un escalier qui montait en tournant entre des parois de pierre. La lumière semblait venir d'en haut. Deux hommes de la terre se tenaient de part et d'autre de l'ouverture, comme des sentinelles ou des valets de pied.

Le gouverneur s'avança vers eux et leur dit, comme s'il s'agissait d'un mot de passe :

– Beaucoup tombent dans le Monde-Souterrain.

– Et bien peu retournent dans la lumière du soleil, répondirent-ils.

Puis tous trois rapprochèrent leurs têtes pour se concerter. Finalement, l'un des deux gnomes-valets éleva la voix :

– Je vous dis que Sa Grâce la reine est partie de céans pour ses grandes affaires. Le mieux serait de garder en prison ces habitants d'En-Haut jusqu'à son retour. Peu retournent dans la lumière du soleil.

À cet instant, la conversation fut interrompue par ce qui parut à Jill le bruit le plus délicieux du monde. Cela venait de l'escalier ; c'était une voix claire, sonore, parfaitement humaine, la voix d'un jeune homme.

– Qu'est-ce que c'est que tout ce tapage, Mullugutherum ? criait-elle. Des gens du Monde-d'En-Haut, hein ? Amenez-les-moi, et tout de suite.

– Qu'il plaise à Votre Altesse de se rappeler… dit Mullugutherum.

Mais la voix le coupa net :

– Il plaît surtout à mon altesse qu'on lui obéisse, vieux radoteur. Amenez-les-moi.

Mullugutherum secoua la tête, fit signe aux voyageurs de le suivre et commença à monter l'escalier. À chaque marche, la lumière augmentait. De riches tapisseries étaient pendues aux murs. La lueur dorée de la lampe brillait à travers de fins rideaux en haut de l'escalier. Les hommes de la terre les écartèrent et se placèrent sur les côtés. Nos héros entrèrent tous les trois. Ils se trouvaient dans une pièce magnifique, richement tapissée, avec un feu qui brillait dans un foyer bien entretenu, une table sur laquelle du vin étincelait dans du cristal taillé. Un jeune homme aux cheveux blonds se leva pour leur souhaiter la bienvenue. Il était beau et semblait à la fois direct et gentil, bien qu'il y eût quelque chose d'étrange dans son visage. Il était vêtu de noir et, dans l'ensemble, faisait vaguement penser à Hamlet.

— Bienvenue à vous du Monde-d'En-Haut, s'écriat-il. Mais attendez un moment ! Je vous demande grâce ! Je vous ai déjà vus auparavant, vous deux, les beaux enfants, et lui, votre étrange tuteur. Ne vous aije pas rencontrés près du pont aux frontières d'Ettinsmoor, alors que je m'y promenais à cheval aux côtés de ma dame ?

— Oh !… vous étiez ce chevalier noir qui ne parlait pas ? s'exclama Jill.

— Et cette dame était la reine du Monde-Souterrain ? demanda Puddlegum d'une voix peu amicale.

Eustache, qui pensait la même chose, explosa :

— Parce que si c'est le cas, je pense qu'elle a été sacrément vicieuse de nous envoyer chez des géants qui voulaient nous manger. Quel mal lui avions-nous fait, j'aimerais bien le savoir ?

— Comment ? dit le chevalier noir en fronçant les sourcils. Si vous n'étiez pas si jeune et peu aguerri, mon garçon, vous et moi nous nous serions battus à mort pour cette querelle. Je ne peux entendre aucune parole contre l'honneur de ma dame. Mais vous pouvez être certain que, quoi qu'elle vous ait dit, ce fut avec une bonne intention. Vous ne la connaissez pas. C'est un bouquet de toutes les vertus, telles que la loyauté, la compassion, la constance, la gentillesse, le courage et le reste. Je sais ce que je dis. Rien que sa bonté pour moi, qui ne puis en aucune façon l'en dédommager, ferait une admirable histoire. Mais vous la connaîtrez et l'aimerez plus tard. En attendant, que cherchez-vous dans le royaume des Profondeurs ?

Avant que Puddlegum pût l'arrêter, Jill lâcha étourdiment :

– S'il vous plaît, nous essayons de retrouver le prince Rilian de Narnia.

Alors seulement, elle comprit quel risque effrayant elle avait pris ; ces gens auraient pu être des ennemis. Mais le chevalier ne manifesta aucun intérêt.

– Rilian ? Narnia ? dit-il négligemment. Narnia ? Quel pays est-ce là ? Je n'ai jamais entendu ce nom. Cela doit être à mille lieues des régions que je connais dans le Monde-d'En-Haut. Mais ce fut une étrange fantaisie qui vous amena à chercher ce… comment l'appelez-vous ?… Billian ? Trillian ?… dans le royaume de ma dame. En vérité, à ma connaissance et en toute certitude, il n'y a ici personne de ce nom.

Là-dessus, il se mit à rire très fort et Jill se dit à elle-même : « Je me demande si ce n'est pas ça qui me gêne dans son visage. Ne serait-il pas un peu fou ? »

– On nous avait dit de chercher un message sur les pierres de la cité des Ruines, dit Eustache. Et nous avons vu les mots « en dessous de moi ».

Le chevalier rit encore plus fort.

– Vous avez été trompés, dit-il. Ces mots ne signifient rien qui puisse vous concerner. Auriez-vous seulement demandé à ma dame, qu'elle aurait pu vous éclairer. Car ces mots sont tout ce qui reste d'une inscription plus longue qui, dans les temps anciens et comme elle s'en souvient bien, reproduisait ces vers :

Bien que sous terre et sans trône aujourd'hui je sois,
Quand je vivais, toute la Terre était en dessous de moi.

D'où il ressort clairement que quelque grand roi des Anciens Géants, qui survit enterré ici, fit graver cette fanfaronnade dans la pierre recouvrant son sépulcre. Seulement, certaines pierres ayant été brisées, d'autres emportées pour de nouvelles constructions, et les vides ayant été comblés par des décombres, cela n'a laissé que quatre mots encore lisibles. Que vous ayez pu penser que ces mots avaient été écrits pour vous, est-ce que ce n'est pas la chose la plus drôle du monde ?

Ces paroles firent l'effet d'une douche glacée sur le dos de Jill et d'Eustache, car ils craignaient, en effet, de s'être laissé tromper par une pure coïncidence.

– Ne l'écoutez pas, dit Puddlegum. Il n'y a pas de coïncidences. Notre guide est Aslan, il était là quand le roi géant a fait graver ces vers, et il savait déjà toutes les choses qu'ils provoqueraient ; y compris cela.

— Votre fameux guide doit avoir vécu longtemps, mon ami, dit le chevalier en repartant dans un de ses grands rires.

Jill commençait à trouver son attitude un peu agaçante.

— Et il me semble, monsieur, répondit Puddlegum, que votre fameuse dame doit avoir vécu longtemps aussi, pour se rappeler ces vers tels qu'ils étaient au début, quand on les a gravés.

— Très astucieux, face de grenouille, dit le chevalier en donnant une tape dans le dos du touille-marais tout en riant de bon cœur. Et vous avez deviné juste. Elle est de race divine et ne connaît ni la vieillesse ni la mort. Je lui suis d'autant plus reconnaissant pour son infinie bonté envers un pauvre diable de mortel comme moi. Car vous devez savoir, messieurs, que je suis un homme frappé des plus étranges afflictions, et que personne, sauf Sa Grâce la reine, n'aurait assez de patience pour moi. Patience, que dis-je ? Mais cela va bien plus loin que ça. Elle m'a promis un grand royaume dans le Monde-d'En-Haut et, quand je serai roi, sa gracieuse main en mariage. Mais l'histoire est trop longue pour vous la faire écouter debout et à jeun. Holà, quelqu'un ! Apportez du vin et de la nourriture d'En-Haut pour mes invités. Qu'il vous plaise de prendre place, messieurs. Petite damoiselle, asseyez-vous dans ce fauteuil. Vous allez entendre mon histoire.

Chapitre 11
Dans le château d'obscurité

Quand le repas (tourte au pigeon, jambon froid, salade et gâteaux) eut été apporté, et que tous eurent approché leurs sièges de la table et commencé à dîner, le chevalier reprit :

– Il vous faut comprendre, mes amis, que je ne sais pas qui j'étais ni d'où je venais en arrivant dans ce monde obscur. Je ne me souviens d'aucune époque où je n'aie pas demeuré, comme maintenant, à la cour de cette reine tout simplement divine. Mais j'ai idée qu'elle m'a sauvé de quelque mauvais sort et amené ici du fait de son excessive bonté. (Honnête Pied de Grenouille, votre verre est vide. Souffrez que je le remplisse.) Et cela me semble le plus probable car, même maintenant, je suis sous l'emprise d'un sort dont seule ma dame peut me libérer. Chaque nuit survient une heure où mon esprit change de la façon la plus horrible et, après mon esprit, mon corps aussi. Je deviens tout d'abord fou furieux, hors de moi et, si on ne m'attachait pas, je me jetterais sur mes meilleurs amis pour les tuer. Et puis, peu après, je me transforme et prends l'apparence d'un grand serpent, affamé, féroce, terrible. (Faites-moi le plaisir de prendre un autre blanc de pigeon, monsieur, je vous en conjure.) C'est ce que l'on m'a raconté, et c'est la vérité, sans aucun doute, car ma dame dit la même chose. Moi-même je ne sais rien de tout cela car, une fois que mon heure est passée, je m'éveille oublieux de toute cette abominable crise, sous ma forme normale, sain d'esprit… sauf à me sentir quelque peu fatigué. (Petite damoiselle, goûtez l'un de ces gâteaux au miel, qui me sont apportés de quelque pays barbare à l'extrême sud du monde.) Seulement, Sa Majesté la reine sait par son art que je serai libéré de cet enchantement une fois qu'elle aura fait de moi le roi d'un pays dans le Monde-d'En-Haut et posé la couronne sur ma tête.

« Le pays est déjà choisi, ainsi que le lieu précis de notre attaque surprise. Ses hommes de la terre ont travaillé jour et nuit à creuser un chemin souterrain, et sont parvenus si loin et si haut qu'ils travaillent maintenant à une très faible profondeur sous l'herbe même que foulent les habitants de ce pays d'En-Haut. Désormais, le destin de ces gens est sur le point de fondre sur eux. Ma reine est elle-même sur le chantier ce soir, et j'attends un message pour la rejoindre. Alors, la fine couche de terre qui me sépare encore de mon royaume sera défoncée et, avec elle pour guide et mille hommes de la terre derrière moi, je m'élancerai au galop et en armes, tomberai sur nos ennemis par surprise, tuerai leur chef, jetterai à bas leurs places fortes et, à coup sûr, serai dans les vingt-quatre heures leur roi couronné.

168

– C'est un sale coup, pour eux, non ? dit Eustache.

– Vous êtes un damoiseau d'une merveilleuse et prompte sagesse ! s'exclama le chevalier. Car, sur mon honneur, je n'y avais jamais pensé de cette façon auparavant. Je vois ce que vous voulez dire.

Il parut légèrement, très légèrement troublé pendant un instant ou deux, mais son visage s'éclaira bientôt et, de nouveau, il éclata d'un de ses rires sonores.

– Mais fi de la gravité ! N'est-ce pas la chose la plus comique et la plus ridicule au monde que de penser à tous ces gens-là vaquant à leurs affaires sans jamais s'imaginer que sous leurs champs et leurs planchers paisibles, à seulement quelques mètres de profondeur, il y a une grande armée prête à jaillir sur eux comme l'eau d'une fontaine ! Et eux de ne jamais l'avoir soupçonné ! Eh bien, eux-mêmes, oui, même eux, une fois passé la première amertume de leur défaite, n'auront guère mieux à faire que de rire en y songeant !

– Je ne trouve pas ça drôle du tout, dit Jill. Je pense que vous serez un horrible tyran.

– Quoi ? dit le chevalier, riant toujours et se donnant des tapes sur la tête d'une façon tout à fait exaspérante. Notre petite damoiselle serait-elle une politicienne consommée ? Mais ne craignez rien, ma chérie. Dans le gouvernement de ce pays, je ferai tout selon le conseil de ma dame qui, alors, sera aussi ma reine. Sa parole sera ma loi, de la même façon que ma parole sera la loi de ce peuple que nous aurons conquis.

– Là d'où je viens, dit Jill que ce personnage dégoûtait un peu plus à chaque minute, on ne pense guère de

bien des hommes qui se laissent complètement dominer par leur femme.

— Vous penserez différemment quand vous aurez un
homme bien à vous, je vous le garantis, répondit le chevalier qui avait l'air de trouver cela très drôle. Mais avec
ma dame, c'est une autre histoire. Je suis bien heureux
de vivre sous sa parole, qui m'a déjà sauvé de mille dangers. Aucune mère ne s'est donné plus de mal pour son
enfant, ni plus tendrement, que Sa Grâce la reine ne
l'a fait pour moi. Tenez, regardez, malgré tous ses sou-
cis et obligations, elle s'en est allée maintes et maintes
fois chevaucher de concert avec moi dans le Monde-
d'En-Haut pour accoutumer mes yeux à la lumière du
soleil. Je ne puis aller là-bas que revêtu de mon armure
complète, visière baissée, afin qu'aucun homme ne
puisse voir mon visage, et je ne dois parler à personne.
Car elle a découvert par sa magie que ces précautions
hâteraient ma délivrance du pénible enchantement
qui pèse sur moi. N'est-ce pas là une dame digne d'ins-
pirer à un homme une totale adoration ?

— J'allais le dire, répondit Puddlegum d'un ton qui
signifiait exactement le contraire.

Bien avant d'avoir fini leur souper, ils en avaient
plus qu'assez de la conversation du chevalier. Puddlegum pensait : « Je me demande quel jeu joue en réalité
cette sorcière avec ce jeune imbécile. » Eustache pensait : « C'est vraiment un grand bébé, accroché aux
jupes de cette femme ; c'est une chiffe molle. » Et Jill
pensait : « C'est le garçon le plus bête, le plus vaniteux,
le plus égoïste que j'aie rencontré depuis longtemps. »

Mais quand le repas fut terminé, l'humeur du chevalier avait changé. Il ne riait plus du tout.

— Mes amis, leur dit-il, mon heure est maintenant très proche. J'aurais honte d'être vu par vous, et pourtant je crains d'être laissé seul. On va maintenant venir me lier pieds et poings à ce fauteuil-là. Hélas, ainsi doit-il en être car, dans ma furie, me dit-on, je détruirais tout ce qui serait à ma portée.

— Dites donc, intervint Eustache, je suis affreusement navré, bien sûr, à propos de votre enchantement, mais qu'est-ce que ces gars-là vont nous faire, à nous, quand ils vont venir vous attacher ? Ils parlaient de nous mettre en prison. Nous n'aimons pas énormément tous ces endroits sombres. On ferait bien mieux de rester avec vous jusqu'à ce que vous soyez… rétabli… si c'est possible.

– Bien vu, dit le chevalier. Habituellement, nul, à part la reine elle-même, ne reste avec moi dans ma mauvaise heure. Elle ne supporterait point que d'autres oreilles que les siennes puissent entendre les mots que je profère au cours de ma crise, si vif est son tendre souci de ma réputation. Mais il ne me sera pas facile de convaincre mes gnomes infirmiers que vous devez rester avec moi. Je crois que j'entends déjà leurs pas feutrés sur les marches de l'escalier. Passez par cette porte qui conduit à mes autres appartements. Une fois là-bas, ou bien vous attendrez que je vous rejoigne quand on m'aura détaché, ou bien, si vous préférez, vous reviendrez vous asseoir à mes côtés pendant mes délires.

Ils suivirent ses instructions et sortirent de la pièce par une porte restée fermée jusqu'alors. Ils furent heureux de constater qu'elle donnait dans un couloir éclairé. Ils essayèrent plusieurs portes et trouvèrent ce qui leur avait tellement manqué, de l'eau pour se laver, et même un miroir.

– Il ne nous a même pas proposé de nous laver avant le souper, dit Jill en s'essuyant le visage. Un porc égoïste et égocentrique, voilà ce qu'il est.

– Est-ce que nous y retournons pour assister à l'enchantement, ou est-ce que nous restons ici ? demanda Eustache.

– Je vote pour rester ici, répondit Jill. Je préfère de beaucoup ne pas voir ça.

Mais, en même temps, elle se sentait un peu curieuse.

– Non, il faut y retourner, dit Puddlegum. Nous pourrions recueillir des informations, et il ne faut rien négliger. Je suis sûr que cette reine est une sorcière, une ennemie. Dès qu'ils nous regardent, ces hommes de la terre ont l'air de vouloir nous assommer. Il flotte dans ce pays une odeur de danger, de mensonge, de magie et de trahison plus forte que tout ce que j'ai pu sentir jusqu'à présent. Il nous faut garder les yeux et les oreilles aux aguets.

Ils revinrent donc en suivant le corridor et poussèrent doucement la porte.

— Tout va bien, dit Eustache pour signaler qu'il n'y avait pas d'hommes de la terre dans les parages.

Ils rentrèrent alors dans la pièce où ils avaient soupé.

La porte principale en était fermée, maintenant, dissimulant le rideau par lequel ils étaient entrés la première fois. Le chevalier était assis dans un curieux fauteuil d'argent, auquel on l'avait attaché par les chevilles, les genoux, les coudes, les poignets et la taille. La sueur coulait sur son front, et son visage reflétait l'angoisse.

— Entrez, mes amis, dit-il en levant rapidement les yeux sur eux. Ma crise n'est pas encore survenue. Ne faites pas de bruit, car j'ai dit à ce fureteur de chambellan que vous étiez au lit. Là… je la sens venir. Vite ! Écoutez pendant que je suis encore maître de moi. Quand je serai en pleine crise, il se pourrait bien que je vous implore et vous conjure, avec force supplications et menaces, de défaire mes liens. C'est ce que je fais, paraît-il. Je vous implorerai par tout ce qu'il y a de plus précieux, ou de plus redoutable. Mais ne m'écoutez pas. Durcissez vos cœurs, bouchez-vous les oreilles.

Car, tant que je suis attaché, vous êtes en sûreté. Mais si jamais je me levais de ce fauteuil, alors, après ma furie viendrait – il frissonna – ma transformation en un épouvantable serpent.

– Il n'y a pas de risque que l'on vous détache, répondit Puddlegum. Nous n'avons aucune envie d'affronter ni un homme enragé, ni un serpent.

– Nous non plus, dirent ensemble Jill et Eustache.

– Tout de même, ajouta le touille-marais dans un souffle. Ne soyons pas trop sûrs de nous. Restons sur nos gardes. Nous avons loupé tout le reste, vous savez bien. Une fois qu'il sera lancé, il se montrerait rusé que ça ne m'étonnerait pas. Est-ce qu'on peut se faire confiance les uns aux autres ? Est-ce que nous pouvons tous jurer que, quoi qu'il dise, nous ne toucherons pas ces cordes ? Quoi qu'il dise, d'accord ?

– D'accord ! répondit Eustache.

– Il n'y a rien au monde qu'il puisse dire ou faire qui me ferait changer d'avis, dit Jill.

– Chut ! Il se passe quelque chose, souffla Puddlegum.

Le chevalier gémissait. Son visage était pâle comme du mastic, et il se tordait dans ses liens. Et, soit qu'elle eût de la peine pour lui, soit pour quelque autre raison, Jill lui trouvait l'air plus sympathique qu'avant.

– Ah ! grognait-il, sortilèges, sortilèges... lourde toile d'araignée, emmêlée, poisseuse, de cette magie noire. Enterré vivant. Englouti sous la terre, tout en bas, dans cette noirceur charbonneuse... Cela fait combien d'années ?... Ai-je passé dix ans, mille ans dans ce trou ? Ces hommes qui rampent tout autour de moi. Oh ! ayez pitié ! Laissez-moi sortir, laissez-moi retourner chez moi. Laissez-moi sentir le vent sur ma peau et voir le ciel… Il y avait un petit étang. Quand on regardait dedans, dans l'eau toute verte, on voyait les arbres pousser à l'envers et, derrière eux, le ciel d'un bleu profond, très profond.

Il avait parlé à voix basse. Il leva alors les yeux, fixa son regard sur eux, et leur dit haut et fort :

— Vite ! Je suis sain d'esprit, maintenant. Chaque soir, je suis sain d'esprit. Si seulement je pouvais sortir de cette chaise ensorcelée, ce serait définitif. Je serais à nouveau un homme. Mais ils m'attachent chaque soir et, chaque soir, je laisse ainsi passer ma chance. Mais vous n'êtes pas des ennemis. Ce n'est pas de vous que je suis prisonnier. Vite ! Coupez ces cordes.

— Du calme, ne bougez pas ! recommanda Puddlegum aux deux enfants.

— Je vous supplie de m'entendre, dit le chevalier en se forçant à parler calmement. Est-ce qu'on vous a dit que, si j'étais libéré de ce fauteuil, je vous tuerais et me transformerais en serpent ? À l'expression de vos visages, je vois que c'est le cas. C'est un mensonge. C'est à cette heure-ci que je suis dans mon état normal. Pendant tout le reste de la journée, je suis ensorcelé. Vous n'êtes ni des hommes de la terre, ni des sorciers. Pourquoi vous rangeriez-vous de leur côté ? Ayez la courtoisie de trancher mes liens.

— Du calme ! du calme ! du calme ! se dirent les trois voyageurs les uns aux autres.

— Oh ! vous avez un cœur de pierre, dit le chevalier.

Croyez-moi, vous contemplez un pauvre diable qui a souffert presque plus que ce qu'aucun mortel peut supporter. Quel tort vous ai-je jamais fait, que vous vous rangiez dans le camp de mes ennemis pour me maintenir dans de telles souffrances ? Et les minutes s'écoulent. Maintenant, vous pouvez me libérer mais, quand cette heure sera passée, je serai de nouveau sans cervelle… le jouet et le toutou, non, plutôt le pion, et sans doute l'instrument de la sorcière la plus diabolique qui ait jamais eu pour dessein le malheur des hommes. Et cette nuit, entre toutes les nuits, celle où elle n'est pas là ! Vous me privez là d'une chance qui pourrait bien ne jamais se présenter de nouveau.

– C'est terrible. Je regrette vraiment que nous ne soyons pas restés à l'écart jusqu'à ce que ce soit terminé, dit Jill.

– Du calme ! dit Puddlegum.

La voix du prisonnier montait maintenant, il criait :

– Oh ! laissez-moi partir. Donnez-moi mon épée. Mon épée ! Une fois que je serai libre, je prendrai sur les hommes de la terre une telle revanche qu'on en parlera pendant mille ans dans ce Monde-Souterrain !

– Là, c'est le début de la crise d'hystérie, commenta Eustache. J'espère que ces nœuds sont bien faits.

– Oui, dit Puddlegum. Sa force serait décuplée si on le libérait maintenant. Et je ne sais pas très bien me servir de mon épée. Il viendrait à bout de nous deux que ça ne m'étonnerait pas. Et alors, Pole resterait seule pour affronter le serpent.

Le prisonnier tirait tellement sur ses liens, à présent, qu'ils s'incrustaient dans la chair de ses poignets et de ses chevilles.

– Prenez garde, dit-il. Prenez garde. Un soir je les ai vraiment cassés. Mais, cette fois-là, la sorcière était présente. Ce soir, vous ne l'aurez pas pour vous aider. Libérez-moi maintenant, et je serai votre ami. Sinon, je serai votre ennemi mortel.

– Futé, non ? observa Puddlegum.

– Une fois pour toutes, dit le prisonnier, je vous adjure de me libérer. Par tout ce que vous craignez, par tout ce que vous aimez, par les ciels clairs du Monde-d'En-Haut, par le grand Lion, par Aslan lui-même, je vous enjoins…

– Oh ! dirent les trois voyageurs comme si on les avait frappés.

– C'est le signe, dit Puddlegum.

– Ce sont les mots du signe, corrigea Eustache, plus circonspect.

– Oh ! qu'est-ce que nous allons faire ? gémit Jill.

C'était une redoutable question. À quoi cela aurait-il servi de s'être juré les uns aux autres de ne libérer le chevalier à aucun prix, s'ils cédaient maintenant sous prétexte qu'il avait par hasard prononcé ce nom, si important pour eux ? D'un autre côté, à quoi cela aurait-il servi d'avoir appris les signes s'ils ne les respectaient pas ? Quand même, Aslan aurait-il pu vouloir qu'ils détachent n'importe qui le demanderait en son nom – même un fou ? Était-il possible que ce fût une simple coïncidence ? Et si la reine du Monde-Souterrain avait tout su à propos des signes et avait fait apprendre ce nom au chevalier, rien que pour les piéger ? D'un autre côté, et si c'était vraiment le signe ?… Ils en avaient déjà raté trois, ils ne tenaient pas à rater le quatrième.

– Si seulement on pouvait savoir ! soupira Jill.

– Je crois qu'en fait, nous savons, affirma Puddlegum.

– Vous voulez dire que tout rentrera dans l'ordre si nous le détachons ? s'étonna Eustache.

– Je n'en sais rien, dit le touille-marais. Aslan, voyez-vous, n'a pas dit à Pole ce qui se passerait. Il lui a dit seulement quoi faire. Ce gars-là serait notre mort une fois debout que ça ne m'étonnerait pas. Mais cela ne nous dispense pas d'obéir au signe.

Ils se regardaient, et leurs yeux brillaient. C'était un instant éprouvant.

– Très bien, dit Jill tout à coup. Il faut sauter le pas. Au revoir, tout le monde !…

Ils se serrèrent la main. Le chevalier hurlait maintenant et il avait de l'écume sur les joues.

– Allons-y, Scrubb, dit Puddlegum.

Ils tirèrent leurs épées et s'approchèrent du captif.

– Au nom d'Aslan, dirent-ils et ils commencèrent à couper méthodiquement les cordes.

À l'instant où le prisonnier fut libre, il traversa la pièce d'un seul bond, s'empara de sa propre épée (qu'on lui avait enlevée pour la poser sur la table), et la tira du fourreau.

– Toi d'abord ! cria-t-il en se jetant sur le fauteuil d'argent.

Ce devait être une bonne épée. L'argent céda le premier, avant le tranchant de l'arme, fin comme un fil, et en un instant il n'en resta plus par terre que quelques fragments tordus et brillants. Mais, en se brisant, le fauteuil émit un éclair étincelant, un bruit semblable à un petit coup de tonnerre, et, pendant un bref instant, une odeur répugnante.

– Repose en paix, vil engin de sorcellerie, dit le prince, pour éviter que ta maîtresse ne t'utilise un jour pour quelque autre victime.

Puis, se retournant, il dévisagea ses sauveurs, et ce qu'il y avait auparavant de gênant dans l'expression de son visage – peu importe ce que c'était – en avait disparu.

– Quoi ? s'écria-t-il en se tournant vers Puddlegum. Est-ce que je vois bien là, devant moi, un… un vrai, un authentique touille-marais narnien en chair et en os ?

– Oh ! mais alors vous avez entendu parler de Narnia, finalement ? dit Jill.

– L'avais-je oublié quand j'étais ensorcelé ? s'étonna le chevalier. Eh bien, mes tourments sont terminés maintenant. Vous avez toutes raisons de croire que je connais Narnia, car je suis Rilian, prince de Narnia, et mon père est Caspian, le grand roi.

– Votre Altesse Royale, dit Puddlegum, mettant un genou à terre (et les enfants firent de même), en venant ici céans nous n'avions aucun autre dessein que celui de vous y retrouver.

– Et qui sont mes autres libérateurs ? demanda le prince à Eustache et à Jill.

– Nous avons été envoyés par Aslan lui-même, de par-delà le Bout-du-Monde pour rechercher Votre Altesse, répondit Eustache. Je suis Eustache, qui a vogué avec votre père jusqu'à l'île de Ramandu.

– J'ai à l'égard de vous trois une telle dette que je ne pourrai jamais m'en acquitter, dit le prince Rilian. Mais mon père ? Est-il encore vivant ?

– Il est reparti en bateau vers l'est avant que nous ne quittions Narnia, monseigneur, répondit Puddlegum. Mais Votre Altesse doit prendre en considération le fait que le roi est très vieux. Il y a dix chances contre une que Sa Majesté meure pendant ce voyage.

– Il est vieux, dites-vous. Combien de temps suis-je alors resté au pouvoir de la sorcière ?

– Cela fait plus de dix ans que Votre Altesse a été perdue dans les bois au nord de Narnia.

– Dix ans ! s'exclama le prince en passant sa main sur son visage comme pour en effacer le passé. Oui, je vous crois. Car maintenant que je suis redevenu moi-même, je me souviens de cette vie ensorcelée alors que, quand j'étais sous l'empire de la malédiction, je ne pouvais me rappeler ma vraie personnalité. Et maintenant, mes beaux amis… Mais attendez ! J'entends leurs pas dans l'escalier. (Est-ce que ce n'est pas à vous rendre malade, ce piétinement feutré ! Pouah !) Verrouillez la porte, mon garçon. Ou alors, attendez. J'ai une meilleure idée. Je vais duper ces hommes de la terre, si Aslan me donne assez d'astuce pour ça. Mettez-vous derrière moi.

Il marcha résolument vers la porte et l'ouvrit à la volée.

Chapitre 12
La reine
du Monde-Souterrain

Deux hommes de la terre entrèrent mais, au lieu de s'avancer dans la pièce, ils se placèrent chacun d'un côté de la porte en s'inclinant profondément. Sur leurs talons arrivait la dernière personne que tous souhaitaient voir : Celle-à-la-robe-verte, reine du Monde-Souterrain. Elle se figea, absolument immobile, dans l'encadrement de la porte, et ils virent ses yeux parcourir la pièce pour embrasser la situation dans son ensemble : les trois étrangers, le fauteuil d'argent mis en pièces et le prince libéré, l'épée à la main.

Elle devint très pâle, mais Jill se dit que c'était le genre de pâleur qui envahit le visage de certaines personnes, non quand elles ont peur, mais quand elles sont en colère. Un instant, la sorcière fixa ses yeux sur le prince, des yeux assassins. Puis elle sembla se raviser.

– Laissez-nous, dit-elle aux deux hommes de la terre. Et, sous peine de mort, ne laissez personne nous déranger avant que je ne vous appelle.

Docilement, les gnomes s'éloignèrent à pas feutrés. La reine sorcière ferma la porte et la verrouilla.

– Voyons un peu, mon seigneur prince, lui dit-elle. Votre crise nocturne ne vous est-elle pas encore venue, ou bien est-elle déjà terminée ? Pourquoi êtes-vous là, délié ? Qui sont ces étrangers ? Ont-ils détruit ce fauteuil qui était votre unique sauvegarde ?

Le prince Rilian frissonna en l'entendant s'adresser à lui. À cela, rien d'étonnant : il n'est pas facile de rejeter en une demi-heure un enchantement qui, pendant dix ans, a fait de vous un esclave. Puis, ne parlant qu'au prix d'un grand effort, il lui répondit :

– Madame, ce fauteuil ne sera plus nécessaire. Et vous, qui m'avez dit cent fois combien vous me plaigniez pour les sortilèges qui me tenaient enchaîné, vous apprendrez avec joie, sans aucun doute, qu'ils ont définitivement pris fin. Il semble qu'il y ait eu quelque petite erreur, madame, dans la façon dont Votre Grâce prétendait les traiter. Les personnes que voici, mes vrais amis, m'ont délivré. Je suis maintenant sain d'esprit, et il y a deux choses que je tiens à vous dire. La première... concernant le projet de Votre Grâce de me mettre à la tête d'une armée d'hommes de la terre pour que je puisse surgir dans le Monde-d'En-Haut et là, par la force, m'instituer roi d'une nation qui ne m'a jamais fait de mal... après avoir tué ses seigneurs naturels pour occuper leur trône et me comporter en sanguinaire tyran étranger... maintenant que je me connais tel que je suis, je l'abhorre totalement et renonce à cette vulgaire infamie. Et la seconde chose : je suis le fils du roi de Narnia, je suis Rilian, unique enfant de Caspian, dixième du nom, que certains appellent Caspian le

Navigateur. Par conséquent, madame, mon intention, tout aussi bien que mon devoir, est de quitter à l'instant la cour de Votre Altesse pour retourner dans mon propre pays. Qu'il vous plaise d'accorder à mes amis et à moi-même un sauf-conduit et un guide pour traverser votre sombre royaume.

La sorcière ne disait plus rien, mais se mouvait avec douceur à travers la pièce, gardant constamment le visage et les yeux tournés vers le prince. Quand elle arriva à une petite niche placée dans le mur non loin de la cheminée, elle l'ouvrit et en sortit d'abord une poignée d'une poudre verte. Elle la jeta sur le feu. Cela n'en ranima pas beaucoup la flamme, mais il en émana une odeur très douce, soporifique. Et, tout au long de la conversation qui suivit, cette odeur ne cessa de s'affirmer, emplissant la pièce et rendant toute réflexion laborieuse. Elle en sortit ensuite un instrument de musique qui faisait penser à une mandoline. Ses doigts commencèrent à en jouer – un raclement constant, monotone, que l'on ne remarquait plus au bout de quelques minutes. Mais, moins vous le remarquiez, plus il s'insinuait dans votre cerveau, dans votre sang. Cela aussi rendait pénible tout effort de concentration. Après avoir gratté sa mandoline pendant un moment (alors que l'odeur suave devenait plus forte), elle se mit à parler d'une voix douce et calme :

– Narnia ? Narnia ? J'ai souvent entendu Votre Seigneurie prononcer ce nom dans le cours de ses délires. Cher prince, vous voilà bien malade. Il n'existe aucun pays du nom de Narnia.

– Si, il en est un pourtant, madame, intervint Puddlegum. Il se trouve, voyez-vous, que j'y ai passé toute ma vie.

– Vraiment ? s'exclama la sorcière. Dites-moi, je vous prie, où se trouve ce pays.

– Là-haut, répondit vaillamment Puddlegum en pointant son doigt en l'air. Je… je ne sais pas exactement où.

– Comment ? s'étonna la reine avec un rire musical, gentil et doux. Il y a là-haut un pays, au milieu des pierres et du ciment de la voûte ?

– Non, c'est dans le Monde-d'En-Haut.

– Et qu'est-ce, et où est, je vous prie, ce… comment l'appelez-vous… Monde-d'En-Haut ?

– Oh ! ne soyez pas si stupide, intervint Eustache qui luttait énergiquement contre l'ensorcellement de l'odeur suave et de la musique. Comme si vous ne le saviez pas ! C'est là-haut, au-dessus, là où l'on voit le

ciel, le soleil et les étoiles. Allons, vous y êtes allée vous-même. Nous vous y avons rencontrée.

– J'implore votre pardon, petit frère, dit la sorcière en riant (on n'aurait pu imaginer un rire plus charmant). Je n'ai aucun souvenir de cette rencontre. Mais souvent, lorsque nous rêvons, nous rencontrons nos amis dans des endroits étranges. Et, à moins que tout le monde ne rêve la même chose, on ne peut leur demander de s'en souvenir.

– Madame, lui dit le prince d'un ton farouche, j'ai déjà dit à Votre Grâce que j'étais le fils du roi de Narnia.

– Et serez, mon ami, enchaîna la sorcière d'une voix apaisante, comme si elle se prêtait aux caprices d'un enfant, et serez roi de beaucoup de pays imaginés dans vos songes.

– Nous aussi avons été là-bas, coupa sèchement Jill.

Elle était très en colère, car elle sentait l'enchantement s'emparer d'elle un peu plus à chaque instant. Mais, bien sûr, le fait même qu'elle pût encore le ressentir montrait qu'il n'avait pas encore pleinement agi.

– Et vous êtes aussi reine de Narnia, je n'en doute point, ma jolie, lui répondit la sorcière du même ton accommodant et un peu moqueur.

– Je ne suis rien de ce genre, répliqua la fillette en tapant du pied. Nous, nous venons d'un autre univers.

– Ah ! ce jeu-là est plus joli que l'autre, dit la sorcière. Dites-nous, jeune fille, où est cet autre univers ? Quels bateaux, quels chariots font la liaison entre lui et le nôtre ?

Bien sûr, en un clin d'œil, tout un tas de choses vinrent à l'esprit de Jill en même temps : l'établissement expérimental, Adela Pennyfather, sa propre maison, la radio, la télévision, des salles de cinéma, des voitures, des avions… Mais comme des images floues, lointaines. (Gling ! gling ! gling ! faisaient les cordes de l'instrument sous les doigts de la sorcière.) Jill n'arrivait pas à se rappeler les noms des choses dans notre univers. Et, cette fois, il ne lui venait pas à l'idée qu'elle était sous l'effet d'un enchantement, car la magie était maintenant toute-puissante ; et, bien sûr, plus vous êtes ensorcelé, et plus vous avez l'impression de ne pas l'être du tout. Elle se surprit à dire et, sur le moment, ce fut un soulagement :

— Non, je suppose que tout cet autre monde doit être un rêve.

— Oui. C'est un rêve, dit la sorcière sans cesser de gratter les cordes de l'instrument.

— Oui, un rêve, acquiesça Jill.

— Un tel univers n'a jamais existé, dit la sorcière.

— Non, répondirent Jill et Eustache, jamais il n'y eut un tel univers.

— Il n'y a jamais eu d'autre univers que le mien, décréta la sorcière.

— Il n'y a jamais eu aucun autre univers que le vôtre, répétèrent-ils.

Puddlegum se défendait encore âprement.

— Je ne sais pas exactement ce que vous voulez dire, tous, en parlant d'univers, dit-il en s'exprimant comme un homme qui manque d'air. Mais vous pouvez bien jouer de votre mandoline à vous en faire tomber les doigts, vous ne me ferez pas oublier pour autant Narnia, pas plus que tout le Monde-d'En-Haut. Nous ne le verrons plus jamais, j'en ai peur. Vous pourriez bien l'avoir rayé de la carte ou rendu aussi noir que celui-ci. Rien de plus probable. Mais je sais qu'autrefois, j'y étais. Je voyais le ciel empli d'étoiles. Je voyais le soleil émerger de la mer le matin et disparaître derrière les montagnes le soir. Et je le voyais tout en haut dans le ciel de midi sans pouvoir le regarder tant il brillait fort.

Les paroles de Puddlegum eurent un effet très stimulant. Les trois autres respirèrent de nouveau et se regardèrent comme des gens qui viennent de s'éveiller.

– Eh bien, voilà ! s'exclama le prince. Bien sûr ! Qu'Aslan bénisse ce modeste touille-marais. Nous étions tous en train de rêver, ces dernières minutes. Comment pouvions-nous l'avoir oublié ? Bien sûr, nous avons tous vu le soleil.

– Pardi, ça, on l'a vu, confirma Eustache. Bravo, Puddlegum ! Vous êtes le seul d'entre nous à avoir du bon sens, je le crois vraiment.

Alors, la voix de la sorcière se fit entendre, roucoulant doucement, comme celle d'un pigeon ramier perché sur les hautes branches d'un orme dans un vieux jardin, à trois heures d'un après-midi d'été tout ensommeillé, et elle disait, cette voix :

– Qu'est-ce donc que ce « soleil » dont vous parlez tous ? Est-ce que ce mot veut dire quelque chose pour vous ?

– Ah ! ça oui, pas de doute là-dessus, répondit Eustache.

– Pouvez-vous me dire à quoi cela ressemble ? demanda la sorcière. (Gling ! gling ! gling ! faisaient les cordes.)

– S'il plaît à Votre Grâce, répondit le prince avec beaucoup de froideur et de politesse. Vous voyez cette lampe ? Elle est ronde, jaune, et elle éclaire toute la pièce ; en outre, elle est suspendue au plafond. Eh bien, cette chose que nous appelons le soleil est comme cette lampe, mais en beaucoup plus grand et plus brillant. Il éclaire tout le Monde-d'En-Haut, et il est suspendu dans le ciel.

– Suspendu dans quoi, mon seigneur ? demanda la sorcière.

Et là, alors qu'ils en étaient encore tous à réfléchir à la façon de lui répondre, elle ajouta avec un de ses doux rires argentins :

– Vous voyez ? Quand vous essayez d'imaginer clairement ce que doit être ce soleil, vous n'arrivez pas à me le dire. Tout ce que vous pouvez me dire, c'est qu'il est comme la lampe. Votre soleil est un rêve ; et dans ce rêve, il n'y a rien qu'une copie de la lampe. La lampe est la chose réelle, le soleil n'est qu'un conte, une histoire pour enfants.

– Oui, je vois, maintenant, lâcha Jill d'une voix sourde, désespérée. Ce doit être ça.

Et, sur le moment, ses paroles lui paraissaient très sensées.

Avec lenteur et gravité, la sorcière répéta :

– Il n'y a pas de soleil.

Et personne ne dit rien. Elle répéta encore, d'une voix plus douce et plus profonde :

– Il n'y a pas de soleil.

Après un silence, et après avoir lutté intérieurement, ils dirent ensemble, tous les quatre :

– Vous avez raison. Il n'y a pas de soleil.

C'était un tel soulagement d'abandonner.

– Il n'y a jamais eu de soleil, dit la sorcière.

– Non. Il n'y a jamais eu de soleil, dirent le prince, le touille-marais et les enfants.

Pendant les quelques minutes qui venaient de s'écouler, Jill avait eu le sentiment qu'il y avait une chose dont elle devait à tout prix se souvenir. Et maintenant, elle s'en souvenait. Mais le dire était terriblement difficile. Elle avait l'impression que des poids énormes avaient été placés sur ses lèvres. Finalement, elle dit avec un effort qui lui parut faire appel à tout ce qu'il y avait de meilleur en elle :

– Il y a Aslan.

– Aslan ? dit la sorcière en accélérant un tant soit peu le rythme de sa musique. Quel joli nom ! Qu'est-ce que ça veut dire ?

– C'est un grand Lion qui nous a fait venir de notre univers à nous, dit Eustache, et envoyé dans celui-ci pour retrouver le prince Rilian.

– Qu'est-ce qu'un lion ? demanda la sorcière.

– Oh ! zut ! s'exclama Eustache. Vous ne le savez pas ? Comment le lui décrire ? Vous avez déjà vu un chat ?

– Bien sûr, dit la reine. J'aime les chats.

– Eh bien, un lion, c'est un petit peu… attention, seulement un tout petit peu… comme un chat énorme… avec une crinière. Enfin, pas comme la crinière d'un cheval, vous voyez, mais plutôt comme la perruque d'un juge. C'est jaune. Et d'une force terrifiante.

La sorcière secoua la tête.

– Je vois, dit-elle, que nous n'arriverons à rien de mieux avec votre lion, comme vous l'appelez, qu'avec votre soleil. Vous avez vu des lampes, alors vous imaginez une lampe plus grosse et plus forte et vous l'appelez le soleil. Vous avez vu des chats, et vous avez maintenant envie d'un chat plus gros et plus fort, et vous appelez ça un lion. Eh bien, c'est mignon comme invention, quoique, à dire vrai, cela vous irait mieux si vous étiez plus jeune. Et voyez comme vous ne pouvez rien mettre dans votre invention qui ne soit copié du monde réel, ce monde qui est le mien, qui est le seul. Même vous, les enfants, êtes trop vieux pour un tel jeu. Quant à vous, mon seigneur prince, qui êtes un homme pleinement adulte, fi sur vous ! N'avez-vous pas honte de telles amusettes ? Allons, vous tous, abandonnez ces tours puérils. J'ai du travail pour vous dans le monde réel. Il n'y a pas de Narnia, pas de Monde-d'En-Haut, pas de ciel, pas de soleil, pas d'Aslan. Et maintenant, tout le monde au lit. Et demain, nous commencerons une vie plus sage. Mais d'abord, au lit, pour y dormir d'un sommeil profond, sur de doux oreillers, d'un sommeil sans rêves stupides.

Le prince et les deux enfants se tenaient tête basse,

le rouge aux joues, les yeux à demi clos. Toute force les avait abandonnés, l'enchantement était presque complet. Mais Puddlegum, rassemblant désespérément toute son énergie, marcha vers la cheminée. Et là, il fit quelque chose de très courageux. Il savait que ça ne lui ferait pas tout à fait aussi mal qu'à un Être humain, car ses pieds (qui étaient nus) étaient palmés, durs et à sang froid comme ceux d'un canard. Mais il savait que cela serait assez douloureux, et il le fit. Il piétina le feu de ses pieds nus, le réduisant pour une grande part en cendres. Et trois choses se produisirent en même temps.

D'abord, l'odeur lourde et douce s'atténua énormément. Car le feu était presque éteint, et ce qui en restait sentait vraiment beaucoup le touille-marais brûlé, ce qui n'est pas du tout une odeur ensorcelante. Cela rendit instantanément beaucoup plus claires les idées de chacun. Le prince et les enfants relevèrent la tête et ouvrirent les yeux.

Ensuite, la sorcière, d'une voix forte, terrible, et bien différente des tonalités doucereuses qu'elle avait employées jusqu'alors, s'écria :

– Qu'est-ce que vous faites ? Osez encore toucher mon feu, espèce de crotte de boue, et je remplacerai, dans vos veines, le sang par du feu !

Troisièmement, la douleur même rendit les idées de Puddlegum parfaitement limpides pour un instant, et il sut exactement ce qu'il pensait en réalité. Souffrir un bon coup, il n'y a rien de tel pour dissiper certaines sortes de magies.

– Un mot, madame, dit-il en s'écartant du feu pour revenir vers elle en boitant, à cause de la douleur. Un mot. Tout ce que vous avez dit est tout à fait vrai, c'est bien possible. Je suis un gars qui a toujours voulu voir les choses en pire, pour ensuite faire aussi bonne figure que possible. Alors, je ne vais rien contester de tout ce que vous avez dit. Mais, quand même, il y a une chose qu'il faut ajouter. Supposons que nous ayons seulement rêvé, ou inventé, toutes ces choses : arbres, herbe, soleil, lune, étoiles et même Aslan. Supposons. Alors, tout ce que je peux dire, c'est que, dans ce cas, les choses inventées ont l'air sacrément plus importantes que les vraies. Supposons que ce puits noir que vous avez pour royaume soit vraiment le monde, le seul. Eh bien, ce monde me paraît vraiment minable. Et c'est amusant, quand on y pense. Si vous dites vrai, nous ne sommes que des bébés en train d'inventer un jeu. Mais quatre bébés qui jouent sont capables de construire un monde imaginaire qui réduit le vôtre à presque rien. C'est pourquoi je m'en vais rester dans le monde imaginaire. Je suis dans le camp d'Aslan, même s'il n'y a pas d'Aslan à sa tête. Je vais vivre en Narnien autant que je le pourrai, même s'il n'y a pas de Narnia du tout. Aussi, avec tous mes remerciements pour notre dîner, si ces deux messieurs et la jeune dame sont prêts, nous allons quitter à l'instant votre cour et partir dans le noir pour passer nos vies à chercher le Monde-d'En-Haut. Non pas que nos vies risquent d'être bien longues, à ce qu'il me semble, mais ce ne sera pas une grosse perte si le monde est un endroit aussi sinistre que vous le prétendez.

– Oh ! bravo ! Ce bon vieux Puddlegum ! s'écrièrent Jill et Eustache.

Mais le prince s'écria tout à coup :

– Attention ! Regardez la sorcière !

Au premier regard qu'ils portèrent sur elle, leurs cheveux se dressèrent presque tout droits sur leurs têtes.

L'instrument de musique était tombé de ses mains. Ses bras avaient l'air attachés à ses flancs. Ses jambes s'entrelaçaient ensemble et ses pieds avaient disparu. La longue traîne verte de sa robe s'épaissit, durcit, et parut ne plus former qu'une seule pièce avec la colonne verte torsadée de ses jambes entremêlées, qui se pliait et ondulait comme si elle n'avait pas d'articulations ou comme si elle n'était qu'articulations. Sa tête se rejeta loin en arrière et, tandis que son nez s'allongeait de plus en plus, chaque autre partie de son visage semblait disparaître, sauf ses yeux. C'étaient des yeux immenses et flamboyants, sans cils ni sourcils. Il faut du temps pour décrire ce phénomène, mais cela se passa si vite que c'était à peine si l'on avait le temps de le voir. Bien avant qu'ils eussent pu faire quelque chose, la transformation était achevée. La sorcière s'était changée en un énorme serpent, vert comme du poison, aussi gros que Jill, et qui avait déjà enroulé deux ou trois des anneaux de son abominable corps autour des jambes du prince. Rapide comme l'éclair, un autre grand anneau se forma pour immobiliser contre son flanc le bras qui portait l'épée. Mais le prince réagit juste à temps et il leva les bras pour les garder libres. Le nœud vivant ne se referma alors que sur sa poitrine, prêt à se resserrer en broyant ses côtes comme du petit bois.

Le prince saisit le cou de l'animal dans sa main gauche pour tenter de l'étrangler. Il réussit ainsi à maintenir le visage du serpent (si on peut appeler ça un visage) à une vingtaine de centimètres du sien. Le serpent dardait horriblement sa langue fourchue, sans

pouvoir l'atteindre. Le prince ramena en arrière sa main droite, tenant son épée, s'apprêtant à frapper aussi fort qu'il le pouvait. Entre-temps, Eustache et Puddlegum avaient dégainé leurs lames et accouraient à la rescousse. Les trois coups tombèrent en même temps : celui d'Eustache (qui n'entama même pas les écailles et ne servit à rien) sur le corps du serpent, en dessous de la main du prince ; ceux de Puddlegum et du prince lui-même sur le cou du serpent. Cela même ne suffit pas à le tuer tout à fait, bien qu'il commençât à relâcher son étreinte autour des jambes et de la poitrine de Rilian. En frappant à coups redoublés, ils lui détachèrent la tête. Longtemps après sa mort, cette horrible chose continua à se contorsionner et à tressauter comme un ressort, et je vous laisse imaginer dans quel état se trouvait le plancher.

Quand il eut retrouvé son souffle, le prince dit :

– Messieurs, je vous remercie.

Puis, pendant un long moment, les trois vainqueurs restèrent immobiles, haletants et se dévisageant sans un mot. Jill, fort judicieusement, s'était assise et se tenait tranquille en se disant : « J'espère que je ne vais pas m'évanouir… ni pleurer comme un veau… ni rien faire de stupide. »

– Ma royale mère est vengée, dit Rilian à cet instant. C'est sans aucun doute le même reptile que celui que j'ai vainement poursuivi près de la fontaine, dans la forêt de Narnia, il y a tellement d'années, et qui l'a tuée. Pendant toutes ces années, j'ai été l'esclave de l'assassin de ma mère. Je me réjouis pourtant, messieurs, que l'épouvantable sorcière ait fini par reprendre sa forme de serpent. Cela n'aurait convenu ni à mon cœur, ni à mon honneur que de tuer une femme. Mais occupons-nous de la dame.

Il parlait de Jill.

– Je vais très bien, merci, dit-elle.

– Damoiselle, lui dit le prince en s'inclinant devant

elle, vous êtes d'un grand courage et donc, j'en suis sûr, issue d'un sang noble dans votre propre univers. Mais venez, les amis. Il reste un peu de vin. Rafraîchissons-nous en nous portant mutuellement des toasts. Après quoi, nous déciderons de ce que nous devons faire.

– Voilà une bien bonne idée, monsieur, commenta Eustache.

Chapitre 13

Le Monde-Souterrain
sans sa reine

Tous sentirent qu'ils avaient gagné ce qu'Eustache appela un « répit ». La sorcière avait verrouillé la porte et interdit aux hommes de la terre de la déranger, aussi ne couraient-ils pas le risque d'être importunés pour l'instant. Leur première tâche fut, bien sûr, de soigner le pied brûlé de Puddlegum. Deux ou trois chemises propres prises dans la chambre du prince, déchirées en bandes et bien graissées à l'intérieur avec du beurre et de l'huile de salade prise sur la table du dîner, firent office de pansement. Quand ils l'eurent appliqué, ils s'assirent pour prendre un petit rafraîchissement, puis entreprirent d'élaborer un plan pour fuir le Monde-Souterrain.

Rilian leur expliqua qu'il existait de nombreuses issues par lesquelles on pouvait regagner la surface, il avait eu l'occasion de passer par la plupart d'entre elles. Mais il n'était jamais sorti seul et, pour atteindre ces issues, il avait toujours traversé la mer Sans-Soleil en

bateau. Personne ne pouvait savoir comment réagi-
raient les hommes de la terre s'il descendait au port
sans la sorcière, accompagné de trois étrangers, et se
contentait de commander un bateau. Mais le plus vrai-
semblable était qu'ils poseraient des questions embar-
rassantes. En revanche, l'autre sortie, celle qui était
destinée à l'invasion du Monde-d'En-Haut, se trouvait
de ce côté-ci de la mer, et à quelques kilomètres seulement. Le prince savait qu'elle était presque terminée :
il n'y avait plus qu'un ou deux mètres de terre entre les
tranchées et l'extérieur. Et même, il n'était pas impos-
sible qu'elle fût maintenant tout à fait achevée. Peut-
être la sorcière était-elle revenue pour le lui annoncer
et lancer l'attaque. Même si ce n'était pas le cas, il leur
suffirait probablement de quelques heures pour sortir
en creusant eux-mêmes à cet endroit – à condition
qu'ils puissent l'atteindre sans être arrêtés, et que le
chantier ne soit pas gardé. Là était le problème.

– Si vous me demandez… commença Puddlegum,
mais Eustache l'interrompit.

– Dites donc, demanda-t-il, qu'est-ce que c'est que
ce bruit ?

– Il y a un moment que je me le demande ! dit Jill.

En fait, ils l'avaient tous entendu mais, depuis le
début, le bruit avait augmenté si progressivement
qu'ils ne savaient plus quand ils l'avaient remarqué
pour la première fois. Pendant un certain temps, ce
n'avait été qu'une vague rumeur comme celle de vents
légers, ou un ronronnement lointain de circulation.
Puis c'était devenu plus fort, comme le murmure de la

mer. Enfin, il y avait eu des rugissements et des bousculades. Maintenant, on entendait aussi des voix, ainsi qu'un grondement continu qui n'avait rien de vocal.

– Par le Lion, dit le prince Rilian, on dirait que ce pays silencieux a fini par retrouver sa langue.

Il se leva, marcha jusqu'à la fenêtre et tira les rideaux. Les autres vinrent se grouper autour de lui pour regarder au-dehors.

La toute première chose qu'ils virent, ce fut une grande lueur rouge. Son reflet formait une tache rougeâtre sur la voûte du Monde-Souterrain, des centaines de mètres au-dessus d'eux, ce qui leur permettait de voir un plafond rocheux qui était peut-être resté caché dans l'obscurité depuis l'aube des temps. La lueur elle-même provenait de l'autre extrémité de la ville, si bien que de nombreuses constructions, sombres et tristes, se détachaient en noir sur ce fond lumineux. Mais elle projetait aussi sa lumière dans les rues. Et dans ces rues, il se passait quelque chose de très étrange. Les groupes d'hommes de la terre, silencieux et denses, avaient disparu. Seules des silhouettes isolées, ou par deux ou trois, filaient à toute vitesse, se comportant comme des gens qui ne veulent pas être vus : tapies dans l'ombre derrière des colonnes ou sous des porches, elles s'élançaient rapidement à découvert pour gagner de nouvelles cachettes. Mais la chose la plus étrange de toutes, pour quiconque connaissait les gnomes, c'était le bruit. Des cris se faisaient entendre de toutes parts. Du port venait un grondement grave et sourd qui ne cessait de s'amplifier et faisait déjà trembler toute la ville.

– Qu'arrive-t-il aux hommes de la terre ? s'étonna Eustache. Est-ce que ce sont eux qui crient ?

– Ce n'est guère possible, dit le prince. Tout au long de ces interminables années de captivité, je n'ai jamais entendu un de ces vauriens parler à voix haute. Il s'agit à coup sûr de quelque nouvelle diablerie.

– Et qu'est-ce que c'est, cette lumière rouge, là-bas ? demanda Jill. Est-ce qu'il y a le feu quelque part ?

– Si vous voulez mon avis, dit Puddlegum, je dirais que c'est le feu du centre de la Terre qui s'échappe en formant un nouveau volcan. On va être piégé au beau milieu, à coup sûr.

– Regardez ce bateau ! s'exclama Eustache. Pourquoi arrive-t-il si vite ? Personne n'en tient les rames.

– Regardez, regardez ! s'écria le prince. Le bateau a déjà dépassé le port en venant de notre côté... Il est dans la rue. Regardez ! Tous les bateaux s'avancent à l'intérieur de la ville ! Nom d'un chien, la mer monte. L'inondation est sur nous. Aslan soit loué, ce château est situé sur une hauteur. Mais l'eau progresse à une vitesse inquiétante.

– Oh ! qu'est-ce qu'il peut bien se passer ? cria Jill. Du feu, de l'eau, et tous ces gens qui se faufilent dans les rues !

– Je vais vous dire ce que c'est, répondit Puddlegum. Cette sorcière avait jeté toute une série de sorts pour que son royaume s'effondre à l'instant même où elle serait tuée. Elle était du genre à ne pas trop se soucier de mourir elle-même si elle était sûre que le gars qui la tuerait serait brûlé, enterré vivant ou noyé dans les cinq minutes qui suivraient.

– Vous êtes dans le vrai, mon ami Touille, dit le prince. Quand nos épées ont tranché la tête de la sorcière, leurs coups ont mis un terme à toute son œuvre de magie, et maintenant le royaume des Profondeurs s'écroule. Nous sommes en train d'assister à la fin du Monde-Souterrain.

– C'est bien ça, monsieur, dit Puddlegum. À moins que ce ne soit la fin du monde tout court, si ça se trouve.

– Mais est-ce qu'on va rester ici à… attendre ? souffla Jill.

– Pas si vous m'en croyez, dit le prince. J'aimerais bien sauver mon cheval, Noir-de-Jais, et la jument de la sorcière, Flocon-de-Neige, une noble bête qui aurait mérité une meilleure maîtresse, qui sont tous deux dans l'écurie de la cour. Après ça, débrouillons-nous pour gagner les hauteurs et prions pour que nous trouvions une sortie. Les chevaux peuvent transporter deux personnes chacun si nécessaire, et si nous leur faisons sentir l'éperon, ils pourront aller plus vite que les eaux montantes.

– Votre Altesse ne met pas son armure ? demanda Puddlegum. Je n'aime pas beaucoup l'allure de ces gens-là.

Il montrait la rue du doigt. Tous regardèrent en bas. Des dizaines de créatures (et maintenant qu'ils s'approchaient, c'étaient visiblement des hommes de la terre) montaient du port. Mais ils ne se déplaçaient pas comme une foule sans but. Ils se conduisaient comme des soldats au cours d'une attaque, faisant des bonds pour se mettre à couvert et cherchant à ne pas être vus des fenêtres du château.

– J'appréhende de m'enfermer à nouveau dans cette armure, dit le prince. Je m'y suis déplacé comme dans un cachot mobile, et elle pue la magie et l'esclavage. Mais je vais prendre mon bouclier.

Il quitta la pièce et revint un moment plus tard avec, dans les yeux, une lueur étrange.

– Regardez, mes amis, dit-il, en brandissant vers eux le bouclier. Il y a une heure, il était noir et sans blason, et maintenant, voici.

Sur le bouclier qui, désormais, étincelait comme de l'argent, se détachait, dans un rouge plus vif que celui du sang ou des cerises, l'image du Lion.

– Sans aucun doute, dit le prince, cela signifie qu'Aslan sera notre bon maître, qu'il entende nous faire survivre ou nous laisser mourir. Et, dans ce cas, peu importe. Maintenant, à mon avis, nous devrions mettre genou à terre et baiser son image, puis nous serrer tous la main, comme de vrais amis qui risquent d'être bientôt séparés. Et enfin, descendons dans la ville affronter l'aventure qui s'offre à nous.

Et tous firent ce que le prince avait dit. Mais quand Eustache serra la main de Jill, il lui dit :

– Au revoir, Jill. Je suis désolé d'avoir eu la trouille et d'avoir été si grincheux. J'espère que tu rentreras chez toi saine et sauve.

Et Jill lui répondit :

– Au revoir, Eustache. Je suis désolée d'avoir été si vache avec toi.

C'était la première fois qu'ils s'appelaient par leurs prénoms car, dans leur école, cela ne se faisait pas.

Le prince déverrouilla la porte et ils descendirent l'escalier tous ensemble, trois d'entre eux l'épée à la main, et Jill avec son couteau ouvert. Les valets avaient disparu et, au pied des marches conduisant chez le prince, la grande salle était vide. Les lampes à la lumière bleue et triste étaient toujours allumées, ce qui leur permit de traverser sans difficulté galerie après galerie, et de descendre escalier après escalier. Les bruits venant de l'extérieur étaient atténués. La demeure déserte baignait dans un calme mortel. Ce ne fut qu'en tournant un coin pour déboucher dans le grand hall, au rez-de-chaussée, qu'ils rencontrèrent leur premier homme de la terre – une créature grasse et pâle avec un visage très semblable à celui d'un cochon, qui engloutissait tous les restes de nourriture laissés sur les tables. Il couina – son couinement aussi faisait beaucoup penser à celui d'un porc – et, en un clin d'œil, se jeta sous un banc en fouettant l'air de sa longue queue pour la mettre hors d'atteinte de Puddlegum. Puis il se rua au-dehors par la porte opposée, trop vite pour qu'on pût le poursuivre.

Du hall, ils passèrent dans la cour. Jill, qui fréquentait un club d'équitation pendant les vacances, venait juste de reconnaître l'odeur d'une écurie (une très bonne odeur, authentique, familière pour qui la rencontre

204

dans un endroit comme le Monde-Souterrain) quand Eustache s'exclama :

– Nom d'un chien ! Regardez ça !

Une magnifique fusée s'était élevée de quelque part derrière le château et son explosion libérait des étoiles vertes.

– Un feu d'artifice ! dit Jill avec stupéfaction.

– Oui, répondit Eustache, mais on ne peut guère imaginer ces hommes de la terre le tirant pour le plaisir ! Ce doit être un signal.

– Qui, pour nous, n'augure rien de bon, j'en jurerais, ajouta Puddlegum.

– Mes amis, dit le prince, une fois qu'un homme s'est lancé dans une pareille aventure, il doit dire adieu à l'espoir comme à la crainte, sinon sa mort ou sa délivrance interviendra trop tard pour sauver son honneur et sa raison…

Il était en train d'ouvrir la porte de l'écurie.

– … Oh ! mes beautés ! Du calme, Noir-de-Jais ! Doucement, là, Flocon-de-Neige ! On ne vous a pas oubliés.

Les chevaux étaient effrayés aussi bien par les étranges lueurs que par les bruits. Jill, qui s'était montrée si peureuse pour franchir un trou noir entre deux grottes, s'avança sans crainte entre les animaux qui soufflaient et tapaient du pied. Le prince et elle les eurent sellés et bridés en quelques minutes. Ils avaient fière allure quand ils sortirent dans la cour en piaffant. Jill montait Flocon-de-Neige, Puddlegum juché derrière elle. Eustache s'était hissé derrière le prince, sur

Noir-de-Jais. Puis, à grand bruit de sabots répercuté par l'écho, ils passèrent la porte principale et se retrouvèrent dans la rue.

– Pas grand risque que nous soyons brûlés. C'est le bon côté de tout cela, dit Puddlegum en montrant quelque chose sur leur droite.

Là, à cent mètres à peine, l'eau léchait les murs des maisons.

– Courage ! dit le prince. La route, là-bas, descend en pente raide. Cette eau n'est montée que jusqu'à la moitié de la plus haute colline de la ville. Ce qui m'inquiète, c'est plutôt ça…

Et, de la pointe de son épée, il montrait un énorme homme de la terre avec des défenses de sanglier, suivi de six autres de diverses tailles et de différentes formes, qui venaient de surgir en courant d'une rue latérale pour bondir dans l'ombre de maisons où personne ne pourrait les voir.

Le prince les guida, gardant toujours le cap sur la lueur rougeâtre, mais un petit peu sur sa gauche. Son plan était de contourner le feu (si c'en était un) pour gagner les hauteurs, avec l'espoir qu'ils trouveraient leur chemin vers les nouveaux travaux d'excavation. À la différence des trois autres, il avait presque l'air de s'amuser. Il sifflotait tout en chevauchant, et chantait des passages d'une vieille chanson sur Corin la Foudre-au-Poing d'Archenland. À dire vrai, il était si heureux d'être libéré de son long ensorcellement que tous les dangers lui paraissaient un jeu par comparaison. Mais les autres trouvaient ce voyage sinistre.

Ils entendaient derrière eux le bruit de bateaux qui s'échouaient et s'entrechoquaient, et le grondement de bâtiments qui s'effondraient. Au-dessus d'eux, il y avait cette horrible tache de lumière sur la voûte du Monde-Souterrain. Devant eux, la lueur mystérieuse, qui ne grandissait pas. De la même direction leur parvenait un tohu-bohu incessant d'appels, de hurlements, de sifflements, de rires, de cris perçants et de mugissements, et des feux d'artifice s'élevaient sans trêve dans l'obscurité. Personne n'avait la moindre idée de ce que cela voulait dire. Plus près d'eux, la ville était éclairée en partie par la lueur rouge, et en partie par la lumière, bien différente, des lampes mornes des gnomes. Mais il y avait beaucoup d'endroits où ne parvenait aucune de ces deux lumières, et ces endroits-là étaient d'un noir de poix. À chaque instant, des silhouettes d'hommes de la terre s'y faufilaient à toute vitesse, les yeux fixés sur les voyageurs, mais en prenant garde de rester eux-mêmes hors de vue. Il y avait de grands et de petits visages, des yeux immenses comme ceux des poissons et des petits comme ceux des ours. Il y avait des plumes et des poils, des cornes et des défenses, des nez comme des fouets et des mentons si longs qu'on les prenait pour des barbes. De temps à autre, un groupe devenait trop important ou s'approchait dangereusement. Alors, le prince brandissait son épée et faisait mine de les charger. Et les créatures, avec force hululements, cris perçants et gloussements, s'éloignaient et replongeaient dans les ténèbres.

Mais quand, ayant gravi mainte rue escarpée, ils se retrouvèrent à bonne distance des eaux montantes et pratiquement hors de la ville, du côté des terres, la situation devint plus sérieuse. Ils étaient maintenant presque au niveau de la lueur rouge, sans discerner pour autant ce qu'elle était vraiment. Mais elle leur permit de voir plus clairement leurs ennemis. Des centaines de gnomes – peut-être quelques milliers – faisaient mouvement dans cette direction. Ils couvraient de courtes distances au pas de course, et, chaque fois qu'ils s'arrêtaient, ils se retournaient face aux voyageurs.

– Si Votre Altesse veut mon avis, dit Puddlegum, je dirai que ces gars-là veulent nous couper la route.

– C'est bien ce que je me disais, Puddlegum, répondit le prince. Et nous ne pourrons jamais nous ouvrir un chemin à travers une telle multitude. Écoutez-moi bien ! Dirigeons-nous vers la façade de cette maison, là-bas. Et dès que nous l'aurons atteinte, glissez-vous dans son ombre. La dame et moi nous avancerons de quelques pas. Quelques-uns de ces démons vont nous suivre, je n'en doute pas, il y en a un bon nombre derrière nous. Vous qui avez de longs bras, veuillez en attraper un vivant, si possible, au moment où il tombera dans votre embuscade. Nous pourrons obtenir de lui le fin mot de l'histoire et savoir quels sont leurs griefs à notre égard.

– Mais est-ce que les autres ne vont pas tous se précipiter sur nous pour secourir celui que nous aurons attrapé ? demanda Jill d'une voix moins assurée qu'elle ne l'aurait voulu.

– Alors, madame, répondit le prince, vous nous ver-rez mourir en vous faisant un rempart de nos corps, et il vous restera à vous recommander au Lion. Allons-y, mon bon Puddlegum.

Vif comme un chat, le touille-marais se faufila dans l'ombre. Pendant une ou deux minutes éprouvantes, les autres continuèrent à avancer, au pas. Puis, sou-dain, explosa derrière eux une bordée de cris à vous glacer le sang, mêlés à la voix familière de Puddlegum qui disait :

– Du calme ! Ne crie pas avant d'avoir mal, ou tu vas avoir mal, d'accord ? On aurait pu penser qu'on tuait le cochon !

– Bonne prise, s'exclama le prince en faisant immé-diatement volter Noir-de-Jais pour revenir vers la mai-son. Eustache, ajouta-t-il, ayez la courtoisie de tenir les rênes de Noir-de-Jais.

Puis il mit pied à terre et, en silence, tous trois regar-dèrent Puddlegum tirer sa prise dans la lumière. C'était un petit gnome particulièrement misérable, qui ne mesurait guère plus d'un mètre de haut. Il avait une sorte de crête, comme celle d'un coq (mais dure), au sommet du crâne, de petits yeux roses, une bouche et un menton si volumineux et si ronds que son visage évoquait un hippopotame pygmée. S'ils ne s'étaient pas trouvés dans un tel pétrin, ils auraient éclaté de rire rien qu'en le voyant.

– Maintenant, homme de la terre, lui dit le prince qui dominait le prisonnier de toute sa hauteur, la pointe de son épée toute proche de sa gorge, parle, n'aie crainte, comme un gnome honnête, et tu t'en iras libre. Joue au plus malin avec nous, et tu n'es qu'un homme de la terre mort. Mon bon Puddlegum, peut-il parler alors que vous lui maintenez la bouche étroitement fermée ?

– Non, et il ne peut pas mordre non plus, répondit-il. Si j'avais ces ridicules mains molles que vous avez, vous, les humains (sauf le respect dû à Votre Altesse), je serais tout en sang à l'heure qu'il est. Mais même un touille-marais finit par en avoir assez d'être mâchouillé.

– Maraud, dit le prince au gnome, une seule morsure et tu meurs. Laissez-le ouvrir la bouche, Puddlegum.

– Ou-ou-ouille, couina l'homme de la terre. Laissez-moi partir, laissez-moi partir. C'est pas moi. C'est pas moi qui l'ai fait.

– Qui a fait quoi ? demanda Puddlegum.

– Ce que Vos Honorables Personnes disent que j'ai fait, quoi que ce puisse être, répondit la créature.

– Dis-moi ton nom, lui enjoignit le prince, et ce que vous, les hommes de la terre, vous cherchez tous aujourd'hui.

– Oh ! s'il vous plaît, Honorables Personnes, s'il vous plaît, bons gentilshommes, gémissait le gnome. Promettez de ne rien répéter à Sa Grâce la reine de ce que je vais vous dire.

– Sa Grâce la reine, comme tu l'appelles, est morte, lui dit gravement le prince. C'est moi qui l'ai tuée.

– Quoi ! s'écria le gnome, sa bouche ridicule s'ouvrant de plus en plus sous l'effet de l'étonnement. Morte, la sorcière ? Et de la main de Votre Honneur ?

Il laissa échapper un énorme soupir de soulagement et ajouta :

– Mais alors, Votre Honneur est un ami !

Le prince ramena en arrière son épée de quelques centimètres.

Puddlegum laissa la créature s'asseoir. Elle promena sur les trois voyageurs ses yeux rouges qui cillaient sans cesse, émit un ou deux gloussements et commença son histoire.

Chapitre 14

Le tréfonds du monde

– Mon nom est Golg, dit le gnome, et je vais dire tout ce que je sais à Vos Honorables Personnes. Il y a environ une heure, tristes et silencieux, nous étions tous occupés à notre besogne – à sa besogne, devrais-je dire –, comme nous l'avons été tous les jours pendant des années et des années. Il y a eu un grand fracas et une explosion. Dès qu'on les a entendus, on s'est dit chacun de son côté : « Je n'ai ni chanté ni dansé, ni lancé de pétards depuis longtemps, pourquoi ça ? » Et on a pensé chacun de son côté : « Eh bien, je dois avoir été ensorcelé. » Et puis, chacun s'est dit de son côté : « J'aimerais bien savoir pourquoi je transporte ce fardeau, et je ne vais pas le porter un mètre de plus, c'est comme ça. » Et on a jeté par terre tous nos sacs, nos ballots, nos outils. Puis tout le monde s'est retourné et a vu cette grande lueur rouge là-bas au loin. Et chacun s'est dit de son côté : « Qu'est-ce que c'est que ça ? » Et, chacun de son côté, on s'est répondu en disant : « Il y a une faille ou un gouffre qui s'est ouvert et une belle lueur chaude qui arrive par là du pays Vraiment-Profond, à un millier de toises en dessous de nous. »

– Nom d'un chien, s'exclama Eustache, il y a d'autres pays encore plus bas ?

– Oh oui ! Votre Honneur, répondit Golg. Des endroits merveilleux. Ce qu'on appelle le pays de Bism. Ce pays où nous nous trouvons actuellement, celui de la sorcière, nous, nous l'appelons les terres Superficielles. C'est beaucoup trop près de la surface pour nous. Pouah ! On pourrait tout aussi bien vivre à l'extérieur, à la surface. Vous savez, nous sommes tous de pauvres gnomes de Bism que la sorcière a fait monter ici par magie, pour travailler pour elle. Mais on ne s'en souvenait plus du tout jusqu'à ce grand fracas qui a rompu l'enchantement. Nous ne savions pas qui nous étions ni d'où nous venions. Nous ne pouvions rien faire, rien penser, hormis ce qu'elle mettait dans nos têtes. Et c'étaient, pendant toutes ces années, des choses sombres et sinistres. J'avais presque oublié ce que c'était que faire une plaisanterie ou danser la gigue. Mais, à l'instant où il y a eu l'explosion et que le gouffre s'est ouvert et que la mer a commencé à monter, tout ça est revenu. Alors, bien sûr, on s'est tous sauvés aussi vite qu'on pouvait pour descendre dans la faille et rentrer chez nous. Et vous les voyez tous là-bas en train de lancer des fusées et de marcher sur les mains tellement ils sont joyeux. Et, si vous me laissez aller vite les rejoindre, j'en serai très obligé à Vos Honorables Personnes.

– Je trouve ça absolument splendide, dit Jill. Je suis

si heureuse que nous ayons libéré les gnomes en même temps que nous-mêmes quand nous avons tranché la tête de la sorcière ! Et je suis si contente que, en réalité, ils ne soient pas plus horribles et sinistres que le prince ne l'était lui-même… enfin, d'après les apparences.

— Tout ça est très bien, Pole, dit Puddlegum avec circonspection. Mais ces gnomes ne m'avaient pas l'air de gars qui se contentaient de se sauver. Leur prétendue fuite faisait plutôt penser à un mouvement de troupes, si vous voulez mon avis. Est-ce que vous pouvez me regarder en face, monsieur Golg, et me dire que vous n'étiez pas en train de vous préparer à vous battre ?

— Bien sûr qu'on y était prêts, Votre Honneur, répondit Golg. Vous savez, on ignorait que la sorcière était morte. On pensait que, du château, elle devait être en train de regarder. On essayait de se faufiler sans être vus. Et quand vous quatre vous êtes sortis avec des épées et des chevaux, bien sûr, chacun s'est dit de son côté : « Nous y voilà », sans savoir que Son Honneur n'était pas du côté de la sorcière. Et on était décidés à se battre plutôt que de renoncer à l'espoir de retourner à Bism.

— Par ma foi, voilà un gnome honnête, dit le prince. Brisons-là, mon cher Puddlegum. Quant à moi, mon bon Golg, j'ai été ensorcelé comme vous et vos amis, et ne me suis retrouvé moi-même que tout à l'heure. Et maintenant, encore une question. Connaissez-vous le chemin vers ces nouvelles excavations, à travers lesquelles la sorcière projetait de lancer une armée contre le Monde-d'En-Haut ?

– Aïe ! aïe ! aïe ! couina Golg. Oui, je connais cette route terrible. Je vais vous montrer d'où elle part. Mais Votre Honneur ne pourra en aucune façon me demander d'y aller avec vous. Plutôt mourir.

– Pourquoi ? demanda anxieusement Eustache. Qu'est-ce qu'il y a de si terrible là-bas ?

– Trop près du haut, de l'extérieur, répondit Golg en frissonnant. Ça, de tout ce que nous a fait la sorcière, c'était le pire. On allait être emmenés en plein air… à l'extérieur du monde. On dit qu'il n'y a pas de toit du tout là-bas, rien qu'un horrible vide immense qu'on appelle le ciel. Et les excavations sont allées si loin qu'en quelques coups de pioche vous vous retrouveriez dehors. J'ai trop peur de m'en approcher.

– Hourra ! Voilà qui est intéressant ! s'exclama Eustache.

Et Jill dit :

– Mais ça n'a rien d'horrible, là-haut. On aime ça. On y vit.

– Je sais que vous autres, du Monde-d'En-Haut, vous y vivez, répondit Golg. Mais je croyais que c'était parce que vous ne trouviez pas votre chemin pour descendre à l'intérieur. Vous ne pouvez pas aimer vraiment ça… ramper comme des mouches sur le dessus du monde !

– Et si vous nous montriez tout de suite la route ? proposa Puddlegum.

– À la bonne heure ! s'exclama le prince.

Toute la petite bande se mit en route. Le prince remonta sur son destrier, Puddlegum se hissa derrière

Jill, et Golg montra le chemin. Tout en marchant, il ne cessait de clamer les bonnes nouvelles, que la sorcière était morte et que les quatre étrangers n'étaient pas dangereux. Et ceux qui l'entendaient le criaient à leur tour à d'autres, si bien qu'en quelques minutes, tout le royaume des Profondeurs résonna de cris et d'acclamations et que, par centaines, par milliers, des gnomes vinrent s'agglutiner autour de Noir-de-Jais et de Flocon-de-Neige en bondissant, en faisant la roue ou le poirier, en jouant à saute-mouton et en lançant d'énormes pétards. Dix fois au moins, le prince dut raconter l'histoire de son propre ensorcellement et de sa délivrance.

C'est dans ces conditions qu'ils arrivèrent au bord du gouffre, qui mesurait environ trois cents mètres de long et peut-être une soixantaine de large. Ils descendirent de leurs chevaux et s'approchèrent du bord.

Une violente chaleur les frappa en plein visage, mêlée à une odeur qui ne ressemblait à rien de ce qu'ils connaissaient. Une odeur puissante, forte, piquante, qui faisait éternuer. Le fond du gouffre brillait si fort qu'ils en furent d'abord aveuglés, incapables de rien distinguer. Quand leurs yeux s'y accoutumèrent, ils crurent entrevoir un fleuve de feu avec, sur ses rives, quelque chose qui ressemblait à des champs et à des sillons d'un éclat brûlant, insupportable, mais plus faible que celui du fleuve. Il y avait des bleus, des rouges, des verts et des blancs qui se mélangeaient ; cela faisait un peu le même effet, sans doute, qu'une vitre en verre dépoli très épaisse à travers laquelle darderait le soleil tropical à midi. Le long des bords déchiquetés du gouffre, noirs comme des mouches sur ce fond de violente lumière, des centaines d'hommes de la terre descendaient en se cramponnant.

– Honorables Personnes, dit Golg (et quand ils se tournèrent vers lui, ils ne virent que du noir pendant quelques minutes, leurs yeux étant trop éblouis), Honorables Personnes, pourquoi ne viendriez-vous pas à Bism ? Vous y seriez plus heureux que dans cette contrée froide, nue, sans protection, dehors, sur le dessus. Au moins, descendez pour une petite visite.

Jill tenait pour assuré qu'aucun de ses compagnons ne prêterait l'oreille à une telle suggestion. Avec horreur, elle entendit le prince répondre :

– En vérité, mon cher Golg, j'ai presque envie de descendre avec vous. Car c'est une merveilleuse aventure, et peut-être aucun mortel n'a-t-il jamais vu Bism auparavant ni n'aura de nouveau cette chance. Et je me demande comment, avec les années, je pourrais supporter l'idée d'avoir eu la possibilité de sonder l'ultime profondeur de la terre et de m'en être abstenu. Mais est-ce qu'un homme pourrait survivre là-bas ? Vous ne vous baignez quand même pas dans le fleuve de feu ?

– Oh non ! Votre Honneur. Pas nous. Il n'y a que des salamandres qui vivent à l'intérieur même du feu.

– Quel genre de bête est votre salamandre ? demanda le prince.

– Il est difficile de dire de quel genre elles sont, Votre Honneur, répondit Golg. Car elles sont trop chauffées à blanc pour qu'on puisse les regarder. Mais, en somme, elles ressemblent à de petits dragons. De l'intérieur du feu, elles s'adressent à nous. Elles sont admirablement habiles avec leur langue : très spirituelles, très éloquentes.

Jill lança vers Eustache un coup d'œil rapide. Elle s'était dit que, à coup sûr, l'idée de descendre dans ce gouffre lui plairait encore moins qu'à elle. Elle sentit le cœur lui manquer en voyant qu'il avait complètement changé de visage. Il ressemblait beaucoup plus au prince qu'à ce bon vieux Scrubb de l'établissement expérimental. Car toutes ses aventures du temps où il voguait avec le roi Caspian lui revenaient en tête.

– Votre Altesse, dit-il, si mon vieil ami Ripitchip la souris était là, il dirait que nous ne pourrions pas renoncer maintenant aux aventures de Bism sans compromettre gravement notre honneur.

– En bas, dit le gnome, je pourrais vous montrer de l'or véritable, du vrai argent, d'authentiques diamants.

– N'importe quoi ! dit Jill avec brusquerie. Comme si nous ne savions pas que, ici déjà, nous sommes en dessous des mines les plus profondes.

– Oui, répondit Golg. J'ai entendu parler de ces petites égratignures de la croûte terrestre que vous, les habitants du Monde-d'En-Haut, vous appelez des mines. Mais vous n'en tirez que de l'or mort, de l'argent mort, des pierres précieuses mortes. En bas, à Bism, nous les avons en vie et ils se développent. Là-bas, je ramasserai pour vous des brassées de rubis que vous pourrez manger, et je presserai pour vous une pleine coupe de jus de diamant. Vous ne vous soucierez plus guère de pouvoir toucher les trésors froids et morts de vos mines de surface après avoir goûté ceux, vivants, de Bism.

– Mon père est allé jusqu'au Bout-du-Monde, dit rêveusement Rilian. Ce serait une chose merveilleuse que son fils aille jusqu'au tréfonds de la terre.

– Si Votre Altesse désire voir son père tant qu'il est encore en vie, ce qui est, je pense, votre préférence, dit Puddlegum, il va être temps de prendre cette route qui mène aux excavations.

– Et moi, je ne descendrai pas dans ce trou, quoi que quiconque puisse dire, ajouta Jill.

– Eh bien, si Vos Honorables Personnes sont vraiment décidées à retourner dans le Monde-d'En-Haut, dit Golg, il y a, en fait, une partie de la route qui descend plus bas qu'ici. Et peut-être que, si les eaux continuent à monter…

– Oh ! allons-y, allons-y, allons-y, partons ! supplia Jill.

– Je crains qu'il ne doive en être ainsi, dit le prince avec un profond soupir. Mais je laisse la moitié de mon cœur dans le pays de Bism.

– S'il vous plaît ! implora Jill.

– Où est cette route ? demanda Puddlegum.

– Il y a des lampes tout le long, dit Golg. Votre Honneur peut voir le début de la route de l'autre côté du gouffre.

– Pendant combien de temps les lampes vont-elles rester allumées ? demanda le touille-marais.

À cet instant, une voix chuintante, brûlante, comme celle du feu lui-même (ils se demanderaient par la suite si cela aurait pu avoir été la voix d'une salamandre) leur parvint en sifflant du plus profond de Bism :

– Vite ! Vite ! Vite ! Descendez sur les parois, sur les parois, sur les parois ! La faille se referme. Elle se referme. Elle se referme. Vite ! Vite !

Et, au même instant avec des craquements et des grincements à vous déchirer les tympans, les rochers se mirent en mouvement. Déjà, sous leurs yeux, la faille se rétrécissait. De toutes parts, des gnomes s'y précipi-taient, comme hallucinés. Ils ne voulaient pas perdre de temps à descendre en s'accrochant aux rochers. Ils se jetaient la tête la première et, soit parce qu'une poussée d'air chaud montait du fond, soit pour quelque autre raison, on les voyait descendre en vol plané comme des feuilles d'automne. Il y en avait de plus en plus ainsi en suspension, jusqu'à ce que leur masse sombre en vienne presque à occulter la rivière éblouissante et les sillons emplis de gemmes vivantes.

– Au revoir, Honorables Personnes, je m'en vais ! cria Golg en plongeant.

Il n'en restait que quelques-uns pour plonger après lui. Maintenant, la fissure n'était pas plus large qu'une rivière. Puis aussi étroite que la fente d'une boîte aux lettres. Puis ce ne fut plus qu'un fil intensément brillant. Enfin, avec un choc évoquant un millier de trains de marchandises heurtant un millier de butoirs, les lèvres rocheuses se fermèrent. L'odeur chaude, suffocante, disparut. Les voyageurs étaient seuls dans le Monde-Souterrain qui paraissait désormais plus sombre qu'auparavant. Pâles, faibles et lugubres, les lampes indiquaient le tracé de la route.

– Bon, dit Puddlegum, il y a dix chances contre une que nous soyons déjà restés là trop longtemps, mais on ferait aussi bien d'essayer. Ces lampes nous lâcheraient dans cinq minutes que ça ne m'étonnerait pas.

Ils poussèrent leurs chevaux au galop et filèrent à un train d'enfer. Mais presque aussitôt, le chemin se mit à descendre. Ils auraient pu penser que Golg les avait envoyés dans le mauvais sens s'ils n'avaient vu, de l'autre côté de la vallée, l'enfilade des lampes continuer, mais en remontant, aussi loin que portait le regard. Au point le plus bas, elles se reflétaient dans les eaux montantes.

– Hâtons-nous ! s'écria le prince.

Ils descendirent la pente au grand galop. Seraient-ils arrivés en bas cinq minutes plus tard, cela aurait été assez dangereux, car le courant inondait la vallée comme en aval d'un barrage, et les chevaux auraient eu peu de chances de le vaincre s'il leur avait fallu nager. Mais il n'y avait encore que cinquante à soixante centimètres d'eau et, bien que de terribles remous se fussent formés autour des jambes des chevaux, ils atteignirent sans encombre l'autre rive.

Alors commença la montée, lente, épuisante, avec, devant soi, rien d'autre à regarder que les pâles lumignons qui s'élevaient de plus en plus haut. En regardant en arrière, ils pouvaient voir l'eau gagner du terrain. Les collines du Monde-Souterrain étaient toutes devenues des îles, désormais, et sur ces îles les lampes s'éteignaient une à une. Bientôt l'obscurité régnerait partout, sauf sur la route qu'ils suivaient. Et, derrière eux, bien qu'aucune des lampes ne se fût encore éteinte, leur lumière, déjà, se reflétait dans l'eau.

Bien qu'ils eussent de bonnes raisons de se presser, les chevaux ne pouvaient continuer indéfiniment sans prendre de repos. Ils firent halte et, dans le silence, ils entendirent le clapotement de l'eau.

– Je me demande si… comment s'appelle-t-il… le père Temps est maintenant submergé, dit Jill. Avec tous ces étranges animaux endormis.

– Je ne pense pas que nous soyons si haut que ça, répondit Eustache. Tu ne te rappelles pas combien il nous a fallu descendre pour atteindre la mer Sans-Soleil ? Je ne pense pas que l'eau ait déjà atteint la caverne du père Temps.

223

— On ne peut pas savoir, dit Puddlegum. En revanche, je me fais du souci à propos des lampes. Elles ont l'air un peu faibles, non ?

— Elles ont toujours été comme ça, observa Jill.

— Ah ! dit le touille-marais. Mais elles sont plus vertes, maintenant.

— Vous ne voulez pas dire que vous pensez qu'elles vont s'éteindre ? s'écria Eustache.

— Eh bien, même si elles marchent bien, on ne peut pas espérer qu'elles durent toujours, voyez-vous, répondit-il. Mais ne vous démoralisez pas, Scrubb. Je garde aussi un œil sur l'eau, et je pense qu'elle ne monte pas aussi vite qu'avant.

— Piètre réconfort, mon ami, remarqua le prince, si nous ne pouvons trouver notre chemin pour sortir.

J'implore votre merci, à tous. Je suis à blâmer pour mon orgueil et ma légèreté, qui nous ont fait perdre du temps près de l'embouchure du pays de Bism. Bon, continuons à avancer.

Pendant l'heure suivante, Jill se dit par moments que Puddlegum avait raison pour les lampes et, à d'autres, qu'elle se faisait des idées. Entre-temps, le paysage changeait. Le toit du Monde-Souterrain était si proche que, même dans cette lumière terne, ils le distinguaient parfaitement. Et l'on voyait les immenses parois rugueuses se rapprocher de chaque côté. En fait, la route les fit monter jusqu'à un tunnel escarpé. Ils commencèrent à voir sur le bas-côté des pioches, des pelles, des brouettes et d'autres signes indiquant que les terrassiers étaient encore au travail peu de temps auparavant. Si seulement ils avaient pu être sûrs de trouver la sortie, tout cela aurait été fort encourageant. Mais ce qui était très désagréable, c'était l'idée de s'engager dans un trou qui se rétrécirait de plus en plus et où il serait de plus en plus difficile de faire demi-tour.

La voûte finit par être si basse que Puddlegum et le prince s'y cognèrent la tête. Ils mirent pied à terre et prirent les chevaux par la bride. Le sol était accidenté et il fallait faire attention à l'endroit où l'on posait les pieds. C'est ainsi que Jill remarqua qu'il faisait plus sombre. Il n'y avait plus de doute, à présent. Les visages des autres paraissaient étranges et effrayants dans la lueur verte. Puis, tout d'un coup (elle ne put s'en empêcher), Jill poussa un petit cri. Une lumière, juste devant eux, s'éteignit tout à fait. Celle de derrière fit de même. Et ils se trouvèrent plongés dans une obscurité absolue.

La voix du prince Rilian leur parvint :

– Courage, mes amis. Morts ou vifs, notre bon maître est Aslan.

– C'est vrai, monsieur, acquiesça la voix de Puddlegum. Et gardons-nous d'oublier qu'il y a un avantage à être piégés là-dessous : cela économise les frais d'enterrement.

Jill garda le silence (si vous ne voulez pas que les autres sachent combien vous avez peur, c'est toujours une sage précaution ; car votre voix vous trahit).

– Il vaudrait mieux continuer, dit Eustache.

Et, quand elle entendit le tremblement de sa voix, elle comprit qu'elle avait eu raison de se méfier de la sienne.

Puddlegum et Eustache marchèrent en tête, les bras tendus devant eux, de crainte de se cogner, Jill et le prince suivaient, menant les chevaux.

Longtemps après, la voix d'Eustache leur parvint :

– Dites, est-ce que ce sont mes yeux qui délirent ou est-ce qu'il y a bien une tache de lumière là-haut ?

Avant que quiconque ait pu lui répondre, Puddlegum s'écria :

– Arrêtez ! Je suis arrivé à un cul-de-sac. Et c'est de la terre. Pas du rocher. Qu'est-ce que vous disiez, Scrubb ?

– Par le Lion, dit le prince, Eustache a raison. Il y a une sorte de…

– Mais ce n'est pas la lumière du jour, dit Jill. C'est froid et bleu.

– C'est quand même mieux que rien, répondit Eustache. Est-ce qu'on peut l'atteindre ?

– Ce n'est pas juste au-dessus, dit Puddlegum. C'est au-dessus de nous, mais dans ce mur auquel je me suis cogné. Qu'est-ce que vous diriez, Pole, de grimper sur mes épaules pour voir si vous pouvez y arriver ?

Chapitre 15

La disparition de Jill

La tache de lumière ne révélait rien de l'endroit sombre où ils se trouvaient. Les compagnons de Jill ne pouvaient voir les efforts de celle-ci pour monter sur les épaules du touille-marais. Mais ils entendaient Puddlegum dire : « Vous n'avez pas besoin de me mettre le doigt dans l'œil… » ou « C'est mieux comme ça… » ou encore « Maintenant, je vais vous tenir les jambes. Ça va libérer vos bras et vous pourrez prendre appui contre la paroi. »

Puis, en levant les yeux, ils virent l'ombre de la tête de Jill se découper sur la tache de lumière.

– Alors ? s'écrièrent-ils tous anxieusement.

– C'est un trou. Je pourrais me glisser dedans si j'étais un petit peu plus haut.

– Qu'est-ce que tu vois à travers ? s'enquit Eustache.

– Pas grand-chose pour l'instant. Dites, Puddlegum, lâchez-moi les jambes pour que je puisse me mettre debout sur vos épaules. Je peux très bien me tenir en m'accrochant au bord du trou.

Ils l'entendirent bouger, puis virent sa silhouette se découper jusqu'à la taille sur la grisaille de l'ouverture.

– Dites donc… commença Jill, qui s'interrompit soudain en poussant un cri.

Un faible cri, comme si quelqu'un avait appliqué un bâillon sur sa bouche. Puis elle retrouva sa voix, et ils eurent l'impression qu'elle criait aussi fort qu'elle le pouvait, mais ils ne distinguaient pas les mots. Puis deux choses se produisirent en même temps. La tache de lumière fut complètement occultée pendant une seconde ou deux et ils entendirent un bruit de lutte, et la voix du touille-marais qui s'étranglait :

– Vite ! À l'aide ! Accrochez-vous à ses jambes. Quelqu'un la tire vers le haut. Là ! Non, ici. Trop tard !

On voyait de nouveau très clairement l'ouverture baignée d'une lumière froide. Jill avait disparu.

– Jill ! Jill ! crièrent-ils frénétiquement, mais aucune réponse ne leur parvint.

– Pourquoi diable n'avez-vous pas pu la retenir par les pieds ? s'indigna Eustache.

– Je ne sais pas, Scrubb, grommela Puddlegum. Je serais né pour être un raté, que ça ne m'étonnerait pas. Prédestiné. Prédestiné pour être la mort de Pole, exactement comme j'étais prédestiné à manger du cerf parlant à Harfang. Ce n'est pas moins ma faute pour autant, bien sûr.

– C'est la plus grande honte et la plus grande affliction qui pouvaient nous frapper, dit le prince. Nous avons envoyé une dame courageuse dans les mains de l'ennemi et sommes restés derrière, en sécurité.

– Ne peignez pas trop les choses en noir, monsieur, dit Puddlegum. Nous ne sommes pas vraiment en sécurité, juste assurés de mourir de faim dans ce trou.

– Je me demande si je suis assez petit pour passer là où Jill est passée, s'interrogea Eustache.

Voici ce qui, en réalité, était arrivé à Jill. Dès qu'elle avait sorti la tête du trou, elle s'était trouvée en train de regarder en contrebas, comme d'une fenêtre en haut d'un escalier, et non vers le haut comme à travers une trappe. Elle était restée si longtemps dans l'obscurité que ses yeux avaient mis quelques minutes à reconnaître ce qu'ils voyaient, mais elle avait su aussitôt qu'elle ne contemplait pas le monde éclairé par le soleil auquel elle aspirait si désespérément. L'air lui avait paru terriblement froid, et la lumière pâle et bleue. Il y avait aussi beaucoup de bruit et de nombreux objets blancs qui volaient. C'était à cet instant qu'elle avait crié à Puddlegum de la laisser se mettre debout sur ses épaules.

Quand ce fut fait, elle vit et entendit bien mieux. Elle entendait le martèlement régulier des pieds de plusieurs personnes, et la musique de quatre violons, trois flûtes et un tambour. Elle se rendit compte également que le trou était creusé dans un talus escarpé qui descendait en pente sur environ quatre à cinq mètres en dessous d'elle. Tout était très blanc. Beaucoup de gens circulaient. Puis elle eut le souffle coupé ! Ces gens étaient de gentils petits faunes, des dryades dont les cheveux couronnés de feuilles flottaient derrière elles. Pendant une seconde, leurs mouvements lui semblèrent tout à fait désordonnés, puis elle vit qu'ils étaient en réalité en train d'exécuter une danse… une danse qui comportait tant de pas et de figures compliquées qu'il fallait un peu de temps pour la comprendre. Puis elle vit que la lumière bleu pâle était celle de la lune et que ce tapis blanc, par terre, était de la neige. Et – bien sûr ! – il y avait les étoiles clignotant dans un ciel noir et glacé au-dessus d'elle. Et ces grandes choses sombres derrière les danseurs étaient des arbres.

Non seulement ils avaient fini par arriver dans le Monde-d'En-Haut, mais ils se trouvaient au cœur de Narnia. Jill avait l'impression qu'elle allait s'évanouir de bonheur, et la musique – cette musique sauvage, intensément douce et pourtant juste un rien étrange aussi, et pleine de bonne magie autant que celle de la sorcière avait été pleine de mauvaise magie – renforçait encore cette impression.

Il faut beaucoup de temps pour décrire ce spectacle mais, bien sûr, Jill avait vu tout cela en un instant. Elle s'était retournée presque aussitôt pour crier aux autres, en bas : « Dites donc ! Tout va bien ! On en est sortis, et on est chez nous ! »

Mais la raison pour laquelle elle n'avait pu aller plus loin que « Dites donc ! » fut la suivante. Tout autour des danseurs tournait une ronde de nains, tous vêtus de leurs plus beaux atours, écarlates pour la plupart, avec des capuches doublées de fourrure et des glands d'or et de grandes bottes fourrées à revers. Tout en tournant, ils lançaient des boules de neige (c'étaient les objets blancs que Jill avait vus voler). Ils ne les lançaient pas sur les danseurs comme auraient pu le faire des garçons stupides de chez nous. Ils les lançaient à travers la formation de danse, si parfaitement en mesure avec la musique et avec une telle précision que, si tous les danseurs étaient exactement à leur place au bon moment, aucun n'était touché. C'est ce qu'on appelle la grande danse de la Neige, exécutée chaque année à Narnia, la première nuit de pleine lune où le sol est enneigé. Bien sûr, c'est une sorte de jeu autant qu'une danse parce que, de temps à autre, un danseur se trouve légèrement décalé et reçoit une boule de neige en pleine figure, et à ce moment-là tout le monde rit. Mais une bonne équipe de danseurs, de nains et de musiciens peut tenir pendant des heures sans que personne soit touché. Certaines nuits magnifiques, quand le froid, le martèlement des tambours, le hululement des hiboux et le clair de lune fouettent leur sang sauvage d'habitants des bois pour le rendre encore plus fou, ils dansent jusqu'au lever du jour. J'aimerais que vous puissiez le voir par vous-même.

Ce qui avait arrêté Jill, ce n'était, bien sûr, qu'une bonne grosse boule de neige qui, lancée par un nain, avait traversé le groupe des danseurs pour lui arriver en plein dans la bouche. Elle ne s'en formalisa pas le moins du monde, vingt boules de neige n'auraient pas suffi à doucher son enthousiasme en cet instant. Mais, si heureux que vous soyez, vous ne pouvez pas parler quand vous avez la bouche pleine de neige. Et quand, après avoir considérablement crachoté, elle put parler de nouveau, elle oublia complètement, dans son enthousiasme, que les autres, en bas dans le noir, derrière elle, ne connaissaient toujours pas la bonne nouvelle. Elle se contenta de se pencher autant qu'elle le put hors du trou, et de héler les danseurs :

– Au secours ! Au secours ! Nous sommes enterrés dans la colline. Venez nous aider à en sortir.

Les Narniens, qui n'avaient même pas remarqué ce trou à flanc de colline, furent bien sûr très surpris, et regardèrent tout autour d'eux avant de découvrir d'où venait la voix. Mais quand ils aperçurent Jill, ils accoururent vers elle. Tous ceux qui le pouvaient escaladèrent le talus, et au moins une dizaine de mains se tendirent pour l'aider. Jill s'en empara et glissa sur le talus la tête la première, avant de se relever et de dire :

– Oh ! de grâce, allez extraire les autres. Il y en a trois, sans compter les chevaux. Et l'un d'entre eux est le prince Rilian.

Elle était déjà entourée de toute une foule car, en dehors des danseurs, toutes sortes de gens, qu'elle n'avait pas vus d'abord, accouraient. Des écureuils tombaient du haut des arbres, ainsi que des hiboux. Des hérissons arrivaient en se dandinant, aussi vite que leurs petites pattes le leur permettaient. Des ours et des blaireaux suivaient à un rythme plus lent. Une grande panthère, la queue dressée d'excitation, fut la dernière à se joindre à la bande.

Mais, dès qu'ils comprirent ce que disait Jill, ils s'agitèrent tous :

– Pioche et pelle, les gars, pioche et pelle. À nos

outils ! dirent les nains, qui foncèrent dans les bois à toute vitesse.

– Réveillez quelques taupes, creuser, c'est leur affaire. Elles sont tout aussi bonnes que les nains, dit une voix.

– Qu'est-ce qu'elle a dit à propos du prince Rilian ? demanda une autre.

– Chut ! dit la panthère. La pauvre enfant est affolée, rien d'étonnant après ce qu'elle a subi, perdue sous la terre ! Elle ne sait plus ce qu'elle dit.

– C'est vrai, dit un vieil ours. Tenez, elle a dit que le prince Rilian était un cheval !

– Non, elle n'a pas dit ça, contesta un écureuil très impertinent.

– Si, elle l'a dit, rétorqua un autre écureuil encore plus impertinent.

– C'est tout à fait v-v-v-vrai. Ne s-s-soyez pas si stupides, dit Jill.

À présent, elle claquait des dents.

Une des dryades jeta immédiatement autour de ses épaules une pèlerine fourrée qu'un nain avait laissé tomber en se précipitant pour aller chercher ses outils de terrassement, et un faune obligeant s'éloigna au trot parmi les arbres jusqu'à un endroit où Jill voyait un feu par l'ouverture d'une caverne, pour aller lui chercher une boisson chaude. Mais avant qu'il ne fût revenu, les nains avaient réapparu avec des bêches et des pioches et se ruaient sur le flanc de la colline. Puis elle entendit des cris du genre : « Hé là ! Qu'est-ce que vous faites ? Abaissez cette épée », et puis « Allons, jeune homme, pas de ça », et aussi « C'est un méchant, celui-là, non ? »

234

Jill se précipita et ne sut si elle devait rire ou pleurer quand elle vit le visage d'Eustache, très pâle et très sale, se détacher sur l'ouverture sombre du trou, et sa main droite qui brandissait une épée avec laquelle il tentait d'estoquer quiconque s'approchait de lui.

Car, bien sûr, Eustache avait vécu les dernières minutes bien différemment de Jill. Il l'avait entendue crier et l'avait vue disparaître dans l'inconnu. Comme le prince et Puddlegum, il pensait que des ennemis s'étaient emparés d'elle. Et il ne voyait pas que la pâle lumière bleuâtre était celle du clair de lune. Il pensait que le trou ne conduisait qu'à une autre grotte, éclairée par une phosphorescence fantomatique et emplie de Dieu sait quelles créatures diaboliques du Monde-Souterrain. Aussi, persuader Puddlegum de le prendre sur son dos, tirer son épée et sortir sa tête était de sa part une action très courageuse. Les autres l'auraient fait les premiers s'ils l'avaient pu, mais le trou était trop petit pour qu'ils puissent y passer. Eustache était un peu plus gros que Jill et beaucoup moins adroit si bien que, en regardant dehors, il s'était cogné la tête contre le haut du trou et avait déclenché une petite avalanche de neige qui lui était tombée sur le visage. Aussi, quand il avait recouvré la vue et avait vu une dizaine de silhouettes s'approcher de lui aussi vite qu'elles le pouvaient, il n'y a rien de surprenant à ce qu'il eût essayé de les tenir à distance.

– Arrête, Eustache, arrête ! lui cria Jill. Ce sont des amis. Tu ne vois donc pas ? Nous sommes arrivés à Narnia. Tout va bien.

Alors il vit réellement ce qu'il en était, présenta ses excuses aux nains (et les nains lui dirent qu'il n'y avait pas de quoi), et des dizaines de grosses mains poilues l'aidèrent à sortir exactement comme elles l'avaient fait avec Jill quelques minutes auparavant. Puis la fillette escalada le talus pour passer la tête par l'ouverture obscure et crier les bonnes nouvelles aux prisonniers, à l'intérieur. En s'écartant, elle entendit Puddlegum murmurer :

– Ah ! pauvre Pole ! Tout ça était trop pour elle ! Ça lui aurait tourné la tête, que ça ne m'étonnerait pas. Elle se met à avoir des visions.

Jill rejoignit Eustache et ils se serrèrent les deux mains et inspirèrent de grandes bouffées du plein air de la nuit. On apporta une chaude pèlerine pour Eustache et des boissons brûlantes pour tous les deux. Pendant qu'ils les buvaient à petites gorgées, les nains avaient déjà retiré toute la neige et toutes les touffes de gazon sur une large bande de talus autour du trou, et les bêches et les pioches se déchaînaient maintenant avec autant

236

de gaieté que les pieds des faunes et des dryades dix minutes plus tôt. Seulement dix minutes ! Et pourtant il semblait déjà à Jill et à Eustache que tous les dangers qu'ils avaient courus dans l'ombre, la chaleur et la suffocation devaient n'avoir été qu'un rêve. Là, à l'extérieur, dans le froid, avec la lune et les énormes étoiles au-dessus de leurs têtes (les étoiles narniennes sont plus près de la terre que celles de notre univers) et avec des visages gentils et gais tout autour d'eux, on ne pouvait pas tout à fait croire au Monde-Souterrain.

Avant qu'ils eussent fini leurs boissons chaudes, environ une dizaine de taupes étaient arrivées, encore ensommeillées et pas vraiment enchantées. Mais, dès qu'elles eurent compris de quoi il retournait, elles se mobilisèrent avec détermination. Même les faunes se rendirent utiles en emportant la terre dans de petites brouettes, et les écureuils dansaient et bondissaient de toutes parts avec un formidable enthousiasme, bien que Jill ne comprît pas ce qu'ils croyaient être en train de faire. Les ours et les hiboux se contentaient de donner des conseils, et n'arrêtaient pas de demander aux deux enfants s'ils ne voulaient pas venir dans la caverne (là où Jill avait vu briller un feu) pour se réchauffer et dîner. Mais les enfants n'auraient pu envisager de s'éloigner avant d'avoir vu libérer leurs amis.

Dans notre univers, personne ne peut s'acquitter d'un travail de ce genre comme les nains et les taupes parlantes de Narnia, mais aussi, bien sûr, les taupes et les nains ne considèrent pas cela comme un travail. Ils aiment creuser. Par conséquent, cela ne leur prit pas beaucoup de temps d'ouvrir au flanc de la colline un énorme gouffre noir. Et alors sortirent de l'obscurité pour entrer dans la lumière de la lune – et cela aurait pu être plutôt effrayant si l'on n'avait pas su qui ils étaient – d'abord la longue silhouette tout en jambes et coiffée d'un chapeau pointu du touille-marais, puis, menant les deux chevaux, le prince Rilian en personne.

Quand Puddlegum apparut, des cris fusèrent de toutes parts :

– Tiens, c'est un touille… Tiens, c'est ce vieux Puddlegum… Ce vieux Puddlegum des marais de l'Est… Qu'est-ce que tu as bien pu faire, Puddlegum ?… Il y a eu des battues pour te retrouver… Le seigneur Trompillon a placardé des avis… une récompense est offerte !

Mais tout cela fit place, en un seul instant, à un silence de mort, aussi vite que le bruit cesse dans un dortoir turbulent quand le surveillant général ouvre la porte. Car ils avaient vu le prince.

Personne ne douta un instant de son identité. De nombreuses bêtes, dryades, nains et faunes se le rappelaient du temps qui avait précédé son ensorcellement. Quelques-uns étaient assez âgés pour se rappeler son père, le roi Caspian, quand il était un jeune homme, et pour voir la ressemblance. Mais je crois qu'ils l'auraient reconnu de toute façon. Même pâli par sa captivité dans le royaume des Profondeurs, vêtu de noir, poussiéreux, échevelé, épuisé, il y avait dans son allure et sur son visage quelque chose sur lequel personne ne pouvait se méprendre. Cet air-là est sur le visage de tous les authentiques rois de Narnia, qui gouvernent par la volonté d'Aslan et siègent à Cair Paravel sur le trône de Peter, le roi suprême. À l'instant même, chaque tête se découvrit et chaque genou plia, l'instant d'après, éclatèrent de tels cris et acclamations, de tels bonds et culbutes de joie, de tels poignées de main, baisers, embrassades de tout le monde avec tout le monde, que Jill en eut les larmes aux yeux. Leur quête valait bien toutes les peines qu'elle leur avait coûtées.

– S'il plaît à Votre Altesse, dit le plus âgé des nains, il y a une ébauche de souper dans la cave là-bas, préparé pour après la danse de la Neige…

– Bien volontiers, répondit le prince. Car jamais aucun prince, chevalier, gentilhomme, ni aucun ours n'a eu l'estomac aussi bien disposé à recevoir ces victuailles que, ce soir, les quatre vagabonds que nous sommes.

La foule se dirigea vers la grotte. Jill entendit Puddlegum dire à ceux qui se pressaient autour de lui :

– Non, non, mon histoire peut attendre. Rien ne m'est arrivé qui vaille la peine d'en parler. Je veux des nouvelles. N'essayez pas de me les révéler en douceur, car je préfère les apprendre toutes d'un seul coup. Le roi a fait naufrage ? Il y a eu des incendies de forêt ? Pas de guerre à la frontière avec Calormen ? Quelques dragons, non ?... Ça ne m'étonnerait pas...

Et toutes les créatures riaient très fort en disant :

– Est-ce que ce n'est pas du touille-marais tout craché ?

Les deux enfants étaient près de s'effondrer de fatigue et de faim, mais la chaleur de la grotte et la simple vue des flammes dansant sur les murs, les buffets, les tasses, les soucoupes, les assiettes et le dallage de pierre lisse, tout comme on en voit dans une cuisine de ferme, leur redonnèrent un peu de vie. Tout de même, ils s'endormirent profondément pendant qu'on préparait le souper. Et, tandis qu'ils dormaient, le prince Rilian raconta toute l'aventure aux plus vieux et aux plus sages des animaux et des nains. Et tous comprenaient maintenant ce qu'il voulait dire. Comment une sorcière malfaisante (sans doute du même genre que la Sorcière Blanche qui avait fait tomber sur Narnia le grand hiver, longtemps auparavant) avait conçu toute l'affaire, tuant d'abord la mère de Rilian, puis ensorcelant Rilian lui-même. Et ils notaient qu'elle avait fait creuser juste en dessous de Narnia et s'apprêtait à surgir pour dominer le pays à travers Rilian. Et comment il ne s'était jamais imaginé que le pays dont elle voulait le faire roi (roi en titre, mais en réalité son esclave) était son propre pays. Et, à en juger par l'histoire des enfants, ils voyaient qu'elle avait partie liée avec les dangereux géants de Harfang.

– Et la leçon de tout cela, Votre Altesse, dit le plus vieux des nains, c'est que ces sorcières du Nord veulent toujours la même chose, mais qu'à chaque époque elles ont un nouveau plan pour l'obtenir.

Chapitre 16
La guérision des maux

Quand Jill s'éveilla le matin suivant et se retrouva dans une grotte, elle pensa, pendant un horrible moment, être retournée dans le Monde-Souterrain. Mais elle remarqua qu'on l'avait couchée sur un lit de bruyère en la couvrant d'un manteau de fourrure, vit un feu joyeux crépitant (comme si on venait de l'allumer) dans un foyer de pierre et, plus loin, le soleil du matin entrant dans la grotte, et toute l'heureuse vérité lui revint alors en mémoire. Ils avaient pris un délicieux souper, tous rassemblés dans cette caverne ; pourtant, ils tombaient littéralement de sommeil. Elle avait un vague souvenir de nains assemblés autour du feu avec des poêles à frire plus grandes qu'eux, du sifflement et de l'odeur délicieuse des saucisses, toujours plus de saucisses. Pas de fausses saucisses pleines de mie de pain et de haricots, mais des vraies, bourrées de viande, épicées, grasses, que la chaleur faisait chanter et éclater, et juste un peu brûlées. Et de grands bols de chocolat mousseux, des pommes de terre rôties et des châtaignes grillées, et des pommes au four fourrées de raisins à la place des pépins, et puis des glaces juste pour se rafraîchir après toutes ces bonnes choses chaudes.

Jill s'assit et regarda autour d'elle. Puddlegum et Eustache étaient étendus non loin d'elle, tous deux profondément endormis.

– Bonjour, vous deux ! cria-t-elle d'une voix forte. Est-ce que vous allez vous lever un jour ?

– Chououou, chououou ! râla une voix ensommeillée quelque part au-dessus d'elle. Il est temps de se calmer. Fais un bon petit somme, là, là. Ne fais pas de tapage. Tou-wouh !

– Tiens, mais je crois bien, dit la fillette en levant les yeux sur un amas blanc de plumes duveteuses perché en haut d'une horloge de grand-père dans un coin de la grotte, je crois bien que c'est Glimfeather !

– Exact, exact, répondit le hibou en sortant la tête de sous son aile et en ouvrant un œil. Je suis venu avec un message pour le prince, vers les deux heures. Les écureuils nous ont apporté les bonnes nouvelles. Message pour le prince. Il est parti. Vous allez suivre, vous aussi. Bonne journée…

Et la tête disparut de nouveau.

Comme il semblait n'y avoir aucun espoir d'obtenir plus d'informations du hibou, Jill se leva, en quête d'un endroit pour faire sa toilette et d'un petit déjeuner. Mais, presque aussitôt, un petit faune arriva au trot dans la grotte, ses sabots faisant un clic ! clac ! aigu sur le sol de pierre.

– Ah ! vous voilà enfin réveillée, fille d'Ève. Peut-être

vaudrait-il mieux que vous réveilliez le fils d'Adam. Vous devez être partis dans quelques minutes, deux centaures ont très gentiment offert de vous laisser monter sur leur dos pour vous rendre à Cair Paravel.

Il ajouta à voix plus basse :

— Vous vous rendez compte, bien sûr, de l'honneur tout à fait spécial et inouï qui vous est fait : être autorisés à chevaucher un centaure ! Je ne sais pas si j'ai jamais entendu parler de quelqu'un qui l'ait fait auparavant. Il ne serait pas convenable de les faire attendre.

— Où est le prince ? fut la première question d'Eustache et de Puddlegum dès qu'on les eut réveillés.

— Il est allé retrouver le roi, son père, à Cair Paravel, répondit le faune qui s'appelait Orruns. Le vaisseau de Sa Majesté est attendu au port à tout moment. Il paraît que le roi a rencontré Aslan – je ne sais s'il s'agit d'une vision ou d'une rencontre face à face – avant d'être allé très loin, et le Lion lui a fait faire demi-tour en lui disant que son fils, depuis longtemps perdu, serait là pour l'accueillir quand il arriverait à Narnia.

Eustache était debout maintenant, et Jill et lui s'activèrent pour aider Orruns à préparer le petit déjeuner. On conseilla à Puddlegum de rester au lit. Un centaure qui s'appelait Naissance-des-Nuages, un fameux guérisseur ou, ainsi que l'appelait Orruns, un « toubib », allait venir voir son pied brûlé.

— Ah ! dit le touille-marais presque avec satisfaction, il voudrait amputer la jambe jusqu'au genou que ça ne m'étonnerait pas. Vous allez voir si j'ai tort.

Mais il était très content de rester au lit.

Le petit déjeuner se composait d'œufs brouillés et de toasts, et Eustache s'y attaqua tout comme s'il n'avait pas dévoré un énorme souper au milieu de la nuit.

— Dites-moi, fils d'Adam, intervint le faune en regardant avec une certaine inquiétude les bouchées avalées par Eustache, il n'est pas du tout nécessaire de se dépêcher vraiment à ce point-là. Je ne crois pas que les centaures aient encore tout à fait fini leur petit déjeuner.

— Alors, ils ont dû se lever très tard, dit Eustache. Je parie qu'il était plus de dix heures du matin.

— Oh non, ils se sont levés avant qu'il ne fasse jour.

— Alors, ils doivent avoir attendu un sacré bout de temps pour leur petit déjeuner, dit Eustache.

— Non, pas vraiment, dit Orruns. Ils ont commencé à manger à la minute où ils se sont éveillés.

— Bon sang ! Est-ce qu'ils mangent un très gros repas, le matin ?

— Enfin, fils d'Adam, vous ne comprenez pas ? Un centaure a un estomac d'homme et un estomac de cheval. Et, bien sûr, les deux veulent un petit déjeuner. Alors, en premier, il prend du porridge, des ortolans, des rognons, du lard, une omelette, du jambon froid, des toasts, de la confiture, du café et de la bière. Et, après cela, il s'occupe de sa partie chevaline en broutant pendant environ une heure et en terminant avec une pâtée chaude, des céréales et un sac de sucre. C'est pourquoi inviter un centaure pour le week-end est une affaire si sérieuse. Une affaire sérieuse, vraiment.

À cet instant, il y eut un bruit de sabots sur le rocher près de l'entrée de la grotte, et les enfants levèrent les yeux. L'un avec une barbe noire, l'autre avec une barbe blonde flottant sur leurs magnifiques poitrines nues, les deux centaures les attendaient, la tête légèrement penchée pour pouvoir regarder à l'intérieur de la grotte. Alors, les enfants se firent très polis et finirent très rapidement leur petit déjeuner. Quand on voit un centaure, il ne vient à l'idée de personne de le trouver amusant. Ce sont des gens solennels, majestueux, pleins d'une sagesse ancienne qu'ils tiennent des étoiles, difficiles à égayer ou à mettre en colère ; mais, quand elle survient, leur colère est aussi terrible qu'un raz de marée.

– Au revoir, mon cher Puddlegum, dit Jill en traversant la grotte pour aller au chevet du touille-marais. Je regrette que nous vous ayons traité de poule mouillée.

– Moi aussi, dit Eustache. Vous avez été pour nous le meilleur ami du monde.

– Et j'espère que nous nous reverrons, ajouta Jill.

– Il n'y a guère de chances, il faut bien le dire, répondit-il. Je ne compte pas revoir jamais mon vieux wigwam, d'ailleurs. Et ce prince – c'est un gars bien – mais pensez-vous qu'il soit assez fort ? Sa constitution aurait été ruinée par sa vie sous terre que ça ne m'étonnerait pas. Il a l'air du genre qui peut s'en aller à tout moment.

– Puddlegum ! s'exclama Jill. Vous n'êtes qu'un vieux farceur. Vous faites une tête d'enterrement, mais je crois que vous êtes parfaitement heureux. Et vous vous exprimez comme si vous aviez peur de tout, alors qu'en réalité, vous êtes aussi brave que… qu'un lion.

– Alors, à propos d'enterrement… commença-t-il.

Mais Jill, qui entendait les centaures frapper le sol de leurs sabots derrière elle, le surprit beaucoup en jetant ses bras autour de son cou maigre et en embrassant son visage couleur de boue, tandis qu'Eustache lui broyait la main. Puis tous deux se précipitèrent vers les centaures, et le touille-marais, en se laissant retomber sur son lit, se dit à lui-même : « Eh bien, je n'aurais pas imaginé qu'elle puisse faire ça. Même en tenant compte du fait que je suis un assez beau gars. »

Chevaucher un centaure est, sans aucun doute, un grand honneur (et, à part Jill et Eustache, il n'est probablement personne en ce monde qui ait fait cette expérience), mais c'est très inconfortable. Car aucune personne tenant à la vie ne suggérerait de seller un centaure, et monter à cru n'a rien d'amusant, surtout si, comme Eustache, vous n'avez jamais appris à monter du tout. Les centaures se montrèrent très polis, dans un genre grave, gracieux, adulte et, tout en traversant au galop les bois de Narnia, ils parlèrent, sans tourner la tête, décrivant aux enfants les propriétés des herbes et des racines, l'influence des planètes, les neuf noms d'Aslan avec leur signification, et des choses de ce genre. Mais, tout mal à l'aise et ballottés qu'ils aient été, les deux humains donneraient aujourd'hui n'importe quoi pour revivre ce voyage, pour voir ces clairières et ces pentes étincelant de la neige de la nuit dernière, pour rencontrer des lapins, des écureuils et des oiseaux qui vous souhaitent le bonjour, pour respirer à nouveau l'air de Narnia et entendre la voix des arbres de Narnia.

Ils descendirent jusqu'au fleuve, aux flots d'un bleu brillant dans le soleil d'hiver, loin en aval du dernier pont (qui se trouve dans la jolie petite ville de Beruna, aux toits rouges) et furent transportés de l'autre côté, sur une barge plate, par le passeur, ou plutôt par le touille-barge car, à Narnia, ce sont les touille-marais qui se chargent de la plupart des travaux liés à l'eau et à la pêche. Et, après avoir traversé, ils chevauchèrent le long de la rive sud du fleuve et arrivèrent à Cair Paravel même. Ils virent alors ce bateau étincelant (celui-là même qu'ils avaient aperçu quand ils avaient posé le pied à Narnia pour la première fois) remonter le fleuve comme un énorme oiseau. De nouveau, toute la cour était rassemblée sur la pelouse entre le château et le quai pour accueillir le roi Caspian. Rilian, qui avait abandonné ses vêtements noirs et portait maintenant une pèlerine écarlate sur une cotte de mailles, se tenait au bord de l'eau, tête nue, pour recevoir son père ; et le nain Trompillon était à son côté, assis dans son petit fauteuil attelé à un âne.

Les enfants s'aperçurent qu'ils n'avaient aucune chance d'atteindre le prince s'il fallait traverser toute cette foule et, de toute façon, ils se sentaient à présent un peu intimidés. Aussi demandèrent-ils aux centaures s'ils pouvaient rester assis sur leur dos un peu plus longtemps, ce qui leur permettrait de tout voir par-dessus les têtes de leurs coursiers. Et les centaures dirent qu'ils le pouvaient.

Une vive sonnerie de trompettes d'argent leur parvint par-dessus les eaux, en provenance du pont du bateau. Les marins lancèrent un cordage, des rats (des rats parlants, bien sûr) et des touille-marais l'arrimèrent, et le bateau fut tiré vers le quai. Des musiciens, cachés quelque part dans la foule, se mirent à jouer une musique solennelle, triomphale. Et bientôt, le galion du roi à quai, les rats mirent la passerelle en place.

Jill s'attendait à voir le vieux roi la descendre. Mais il y avait apparemment un problème. Un seigneur au visage très pâle vint à terre et ploya le genou devant le prince et Trompillon. Leurs têtes se rapprochèrent et ils parlèrent tous les trois pendant quelques minutes sans que personne ne pût entendre ce qu'ils disaient. La musique continuait à jouer, mais on sentait bien que tout le monde était de plus en plus mal à l'aise. Puis quatre chevaliers apparurent sur le pont, transportant quelque chose et avançant avec une extrême lenteur. Quand ils commencèrent à descendre la passerelle, on vit ce qu'ils transportaient : c'était le vieux roi sur un lit, immobile et très pâle. Ils le déposèrent sur le sol. Le prince s'agenouilla à côté de lui et le serra dans ses bras. On vit le roi Caspian lever la main pour bénir son fils. Et tout le monde l'acclama, mais ce n'était pas vraiment de bon cœur, car tous sentaient que quelque chose n'allait pas. Puis, soudain, la tête du roi retomba sur ses oreillers, les musiciens s'arrêtèrent et il y eut un silence de mort. Le prince, agenouillé à côté de la couche du roi, y posa sa tête et pleura.

Il y eut des chuchotements et des allées et venues. Puis Jill remarqua que tous ceux qui portaient chapeaux, coiffes, casques ou capuches se découvraient… y compris Eustache. Puis elle entendit un frémissement et un claquement au-dessus du château. En levant les yeux, elle vit que la grande bannière portant le lion d'or était amenée à mi-hauteur du mât. Après quoi, lentement, inexorablement, au son des violons tristes et des cors désolés, la musique recommença, interprétant cette fois une mélodie à vous briser le cœur.

Ils se laissèrent tous deux glisser au bas de leurs centaures, qui ne leur prêtèrent aucune attention.

– Je voudrais être à la maison, dit Jill.

Eustache hocha la tête sans rien dire et se mordit la lèvre.

– Me voilà, dit une voix profonde dans leur dos.

Ils se retournèrent et virent le Lion en personne, si éclatant, réel et fort que, à l'instant même, tout le reste parut pâle et privé de réalité, comparé à lui. Et en moins de temps qu'il n'en faut pour respirer, Jill oublia Narnia et son roi mort pour ne plus se rappeler que la façon dont elle avait fait tomber Eustache de la falaise, et comment elle leur avait fait manquer presque tous les signes, et toutes les disputes et querelles. Et elle eut envie de dire « Je suis désolée », mais elle ne pouvait pas parler. Alors le Lion les attira auprès de lui d'un seul regard, se pencha pour toucher leurs pâles visages de sa langue et leur dit :

– Ne pensez plus à ça. Je ne vais pas vous gronder sans arrêt. Vous avez fait le travail pour lequel je vous avais envoyés à Narnia.

– S'il vous plaît, Aslan, dit Jill, pouvons-nous rentrer chez nous, maintenant ?

– Oui, je suis venu pour vous ramener chez vous, dit-il.

Puis il ouvrit la bouche et souffla. Mais cette fois, ils n'eurent pas la sensation de voler dans les airs, au contraire, il leur sembla qu'ils restaient immobiles, et que le souffle sauvage d'Aslan balayait le navire et le roi mort, le château, la neige et le ciel d'hiver. Car toutes ces choses s'éloignèrent dans les airs comme des nuages de fumée, et ils se trouvèrent soudain sous un soleil d'été, sur une herbe douce, au milieu d'arbres puissants, à côté d'un cours d'eau magnifique et frais. Alors, ils virent qu'ils se trouvaient à nouveau sur la montagne d'Aslan, bien au-dessus et au-delà du bout de cet univers où se trouve Narnia. Mais ce qui était étrange, c'était qu'ils entendaient encore la musique funèbre jouée pour le roi Caspian, bien que personne ne pût dire d'où elle venait. Ils marchaient à côté du cours d'eau et le Lion allait devant eux. Il devint si beau, et la musique si désespérante, que Jill ne savait plus ce qui, des deux choses, lui emplissait les yeux de larmes.

Puis Aslan s'arrêta et les enfants regardèrent dans le courant. Et là, sur le gravier doré du lit de la rivière, reposait le roi Caspian, mort, l'eau coulant sur lui comme du verre liquide. Sa longue barbe blanche y ondoyait comme une algue. Et tous trois restèrent là à pleurer. Même le Lion pleura, de grosses larmes de lion, chaque larme plus précieuse que ne le serait même la terre entière si elle n'était qu'un diamant d'une seule pièce. Et Jill remarqua qu'Eustache n'avait l'air ni d'un enfant qui pleurait ni d'un garçon qui aurait voulu cacher qu'il pleurait, mais d'un adulte en larmes. Enfin, c'est ce qu'elle trouva de plus ressemblant. Mais en fait, comme elle disait, sur cette montagne, les gens n'avaient pas l'air d'avoir un âge plutôt qu'un autre.

– Fils d'Adam, dit Aslan, entre dans ce fourré, arrache l'épine que tu y trouveras, et apporte-la-moi.

Eustache obéit. L'épine avait trente centimètres de long et était aussi aiguisée qu'une rapière.

– Enfonce-la dans ma patte, fils d'Adam, ordonna-t-il, en levant sa patte avant droite pour en déployer les larges coussinets.

– Il le faut ?

– Oui.

Alors, en serrant les dents, il enfonça l'épine dans la patte du Lion. Et il en sortit une énorme goutte de sang, plus rouge que tout ce que vous avez jamais pu voir ou imaginer comme rouge. Et elle tomba dans le courant au-dessus du corps du roi mort. À l'instant même, la musique funèbre cessa. Et le défunt roi commença à changer. Sa barbe blanche devint grise, puis blonde, se raccourcit avant de disparaître complètement, ses joues creuses devinrent rondes et fraîches, ses rides s'estompèrent, ses yeux s'ouvrirent, tant ses yeux que ses lèvres riaient et, soudain, il bondit sur ses pieds et se tint devant eux… comme un très jeune homme, ou un jeune garçon. (Jill n'aurait su dire lequel des deux, puisque les gens n'ont pas un âge plutôt qu'un autre dans le pays d'Aslan. Même dans cet univers, bien sûr, ce sont les enfants les plus stupides qui sont le plus infantiles, et les adultes les plus stupides qui sont le plus adultes.) Il se précipita vers Aslan et jeta ses bras aussi loin qu'il le put autour du cou énorme, et lui donna les baisers puissants d'un roi, et Aslan lui donna les baisers sauvages d'un lion.

Caspian finit par se tourner vers les enfants. Il éclata d'un grand rire de joie émerveillée.

– Tiens ! Eustache ! dit-il. Eustache ! Alors, tu as vraiment fini par atteindre le Bout-du-Monde en fin de compte. Tu te souviens de ma meilleure épée de rechange que tu as brisée sur le serpent de mer ?

Lui tendant les deux mains, Eustache fit un pas vers lui, mais se rejeta ensuite en arrière avec une expression de saisissement.

– Attends un peu ! Dis donc, bégaya-t-il, tout cela est bien beau mais est-ce que tu n'es pas… Je veux dire est-ce que tu n'as pas…

– Oh ! ne fais pas l'idiot, répondit Caspian.

– Mais, dit Eustache en regardant Aslan, n'est-il pas… euh… mort ?

– Si, répondit le Lion d'une voix très calme, presque (sembla-t-il à Jill) comme s'il riait. Il est mort. Comme la plupart des gens, tu sais. Même moi, cela m'est arrivé. Il y a très peu de gens qui ne sont jamais morts.

– Oh ! reprit Caspian. Je vois ce qui te tracasse. Tu crois que je suis un fantôme, ou une absurdité de ce genre. Mais tu ne vois pas ? C'est ce que je serais si j'apparaissais maintenant à Narnia, parce que je n'en fais plus partie. Mais on ne peut pas être un fantôme dans son propre pays. Je serais peut-être un fantôme si j'allais dans ton univers. Je ne sais pas. Mais je suppose que ce n'est plus le tien non plus, maintenant que tu es là.

Les enfants sentirent leur cœur se gonfler d'un immense espoir. Mais Aslan secoua sa tête hirsute.

– Non, mes chers amis, dit-il. La prochaine fois que vous me retrouverez ici, ce sera pour y rester. Mais pas maintenant. Pour un temps, il vous faut retourner dans votre propre univers.

– Monsieur, dit Caspian, j'ai toujours voulu, ne serait-ce que jeter un coup d'œil sur leur univers. Est-ce que c'est mal ?

– Maintenant que tu es mort, mon fils, rien de ce que tu peux vouloir ne saurait être mal, lui dit Aslan. Et tu verras leur univers… pendant cinq minutes de leur temps à eux. Il ne t'en faudra pas plus pour remettre les choses en ordre, là-bas.

Puis Aslan expliqua à Caspian ce vers quoi Jill et Eustache s'en retournaient, et lui dit tout sur l'établissement expérimental… Il semblait le connaître aussi bien qu'eux.

– Ma fille, dit Aslan à Jill, arrache une branche de ce buisson.

Elle en arracha une et, dès qu'elle l'eut en main, la branche se mua en une belle cravache toute neuve.

– Maintenant, fils d'Adam, dégainez vos épées, dit le Lion. Mais n'en utilisez que le plat, car ce n'est pas contre des guerriers que je vous envoie, mais contre des couards, et des enfants.

– Vous venez avec nous, Aslan ? demanda Jill.

– Oui, mais Ils ne me verront que de dos.

Il les entraîna rapidement à travers bois et, quelques pas plus loin, le mur de l'établissement expérimental se dressa devant eux. Puis il rugit si fort que le soleil en trembla dans le ciel et que dix mètres de mur s'écroulèrent sous leurs yeux. Ils plongèrent leur regard à travers l'ouverture, dans les profondeurs du bosquet de l'école et jusqu'au toit du gymnase, tout cela sous ce morne ciel d'automne sous lequel ils s'étaient trouvés avant que leurs aventures ne commencent.

Aslan se tourna vers Jill et Eustache, souffla sur eux et toucha leurs fronts de sa langue. Puis il se coucha en travers de la brèche qu'il avait ouverte dans le mur, tournant son dos doré vers l'Angleterre et sa face royale vers son propre pays.

Au même instant, Jill vit des silhouettes qu'elle ne connaissait que trop, monter vers elle en courant à travers les lauriers. Presque toute la bande était là : Adela Pennyfather et Cholmondely Major, Edith Winterblott, Sorner le boutonneux, le grand Bannister, et les odieux jumeaux Garrett. Mais ils s'arrêtèrent net. Ils changèrent de visage et toute méchanceté, hypocrisie, cruauté et sournoiserie en furent presque effacées, faisant place à une seule et même expression de pure terreur.

Car ils virent le mur écroulé avec, couché dans la brèche, un lion large comme un jeune éléphant, et trois silhouettes en vêtements étincelants qui dévalaient vers eux les armes à la main. Car, la force d'Aslan les habitant, Jill jouait de sa cravache sur les filles tandis que Caspian et Eustache abattaient le plat de leurs épées sur les garçons, si bien qu'en deux minutes toutes ces brutes détalaient comme des fous en hurlant :

– Au meurtre ! Fascistes ! Lions ! Ce n'est pas juste !

Et alors le proviseur (qui se trouvait être une femme) se précipita au-dehors pour voir ce qui se passait. Quand elle vit le Lion, le mur effondré, Caspian, Jill et Eustache (qu'elle fut tout à fait incapable de reconnaître) elle eut une crise de nerfs, retourna dans son bureau pour appeler la police, à qui elle raconta une histoire de lion échappé d'un cirque et de prisonniers évadés qui renversaient les murs et se promenaient l'épée à la main.

Au milieu de toute cette agitation, Jill et Eustache purent tranquillement se glisser à l'intérieur de l'établissement et se changer, abandonnant leurs brillants atours pour des vêtements ordinaires, et Caspian retourna dans son univers. Sur un mot d'Aslan, le mur se trouva réparé. Quand la police arriva pour ne trouver ni lion, ni mur effondré, ni prisonniers évadés, mais une femme proviseur qui se comportait comme une folle, il y eut une enquête approfondie au cours de laquelle toutes sortes de choses concernant l'établisse-ment expérimental furent mises au jour, et une dizaine d'élèves furent expulsés. Après quoi, les amis du provi-seur comprirent que cette femme ne valait rien comme proviseur, aussi en firent-ils une inspectrice pour qu'elle contrôle d'autres proviseurs. Et quand ils décou-vrirent qu'elle n'était pas non plus très bonne dans ce rôle, ils l'envoyèrent au Parlement où elle passa le reste de sa vie dans le bonheur.

En secret, Eustache enterra ses beaux atours, une nuit, dans le parc de l'école, mais Jill rapporta clandes-tinement les siens chez elle et les porta lors d'une soi-rée costumée aux vacances suivantes. À partir de ce jour, les choses s'améliorèrent à l'établissement expéri-mental qui devint une très bonne école. Et Jill et Eus-tache restèrent toujours amis.

Loin de là, à Narnia, le roi Rilian enterrait son père, Caspian le Navigateur, dixième du nom, et en portait le deuil. Il devint lui-même un bon roi pour Narnia et ce fut pour le pays une époque heureuse, tandis que Puddlegum (dont le pied redevint comme neuf en trois semaines) soulignait souvent qu'un matin de beau temps est le présage d'un après-midi pluvieux, et qu'on ne peut attendre des bons moments qu'ils durent long-temps.

L'ouverture au flanc de la colline ne fut pas refer-mée, et souvent, en été, par les jours de grande chaleur, les Narniens se rendaient là-bas avec bateaux et lan-ternes et descendaient sur l'eau pour y naviguer dans tous les sens sur la mer intérieure fraîche et sombre, en chantant et en se racontant des histoires sur les villes enfouies à des lieues de profondeur. Si jamais vous avez la chance de vous rendre vous-même à Narnia, n'oubliez pas de jeter un coup d'œil à ces grottes.

Table des matières

Clive Staple Lewis

L'auteur

Clive Staple Lewis est né à Belfast en 1898. Enfant, il était fasciné par les mythes, les contes de fées et les légendes que lui racontait sa nourrice irlandaise. L'image d'un faune transportant des paquets et un parapluie dans un bois enneigé lui est venue à l'esprit quand il avait seize ans. Mais c'est seulement de nombreuses années plus tard, alors que C. S. Lewis était professeur à l'université de Cambridge, que le faune fut rejoint par une reine malfaisante et un lion magnifique. Leur histoire, *Le Lion, la Sorcière Blanche et l'Armoire magique*, est devenue un des livres les plus aimés de tous les temps. Six autres volumes ont suivi. Le prestigieux prix Carnegie, la plus haute distinction de littérature pour la jeunesse au Royaume-Uni, a été décerné au dernier volume, *La Dernière Bataille*, en 1956.

Pauline Baynes

L'illustratrice

C'est J. R. R. Tolkien qui a présenté **Pauline Baynes** à
C. S. Lewis. Ses illustrations pour Le Monde de Narnia
s'étalent sur une période remarquablement longue, depuis
Le Lion, la Sorcière Blanche et l'Armoire magique, paru en
1950, jusqu'à la mise en couleurs, à la main, de l'intégralité
des sept titres, près de cinquante ans plus tard ! Pauline
Baynes a remporté la Kate Greenaway Medal et compte
parmi les meilleurs illustrateurs pour enfants de notre
époque.

Retrouvez les héros
du **Monde de Narnia**

———————————

dans la collection

**FOLIO
JUNIOR**

1. LE NEVEU DU MAGICIEN

n° 1150

Polly trouve parfois que la vie à Londres n'est guère passionnante… jusqu'au jour où elle rencontre son nouveau voisin, Digory. Il vit avec sa mère, gravement malade, et un vieil oncle au comportement étrange. Celui-ci force les deux enfants à essayer des bagues magiques qui les transportent dans un monde inconnu. Commence alors la plus extraordinaire des aventures…

2. LE LION, LA SORCIÈRE BLANCHE ET L'ARMOIRE MAGIQUE

n° 1151

Narnia… Un royaume condamné à un hiver éternel, un pays qui attend d'être libéré d'une emprise maléfique. L'arrivée miraculeuse de quatre enfants fait renaître l'espoir. S'ils trouvent Aslan, le grand lion, les pouvoirs de la Sorcière Blanche pourraient enfin être anéantis…

3. LE CHEVAL ET SON ÉCUYER

n° 1152

Shasta, maltraité par le pêcheur qui l'a recueilli et élevé, quitte le pays de Calormen en compagnie de Bree, un cheval doué de parole. Ils n'ont qu'un espoir : rejoindre le merveilleux royaume de Narnia… En chemin, ils rencontrent une jeune fille de noble naissance, Aravis, qui fuit un mariage forcé. D'aventure en aventure, les deux héros perceront-ils le mystère qui entoure la naissance de Shasta ?

4. Le Prince Caspian

n° 1153

Peter, Susan, Edmund et Lucy sont sur le point de se séparer pour entamer une nouvelle année scolaire. Ils attendent le train qui doit les conduire en pension quand, tout à coup, ils sont transportés dans le pays de Narnia où ils ont régné autrefois. Mais si, pour eux, une année seulement s'est écoulée, dans leur ancien royaume des siècles ont passé. Le palais royal est en ruine. Parviendront-ils à ramener la paix dans le monde magique de Narnia ?

5. L'Odyssée du Passeur d'Aurore

n° 1210

Eustache Clarence est le garçon le plus insupportable d'Angleterre : c'est du moins l'avis de ses cousins, Edmund et Lucy. Hélas, les voilà condamnés à le supporter durant l'absence de leurs parents ! Mais le jour où les trois enfants entrent dans un tableau et sont précipités dans les flots, à quelques brasses du navire de Caspian, roi de Narnia, Eustache perd sa belle assurance. Quelle part prendra-t-il à l'extraordinaire aventure qui les attend ?

7. La Dernière Bataille

n° 1212

Seul, captif, désespéré, le dernier roi de Narnia appelle à son secours les enfants qui, tant de fois, par le passé, ont sauvé le royaume de la destruction. Jill et Eustache se retrouvent donc, à nouveau, transportés dans l'univers enchanté de Narnia dont ils rêvent chaque jour en secret. Mais parviendront-ils, cette fois, à éviter le pire ? Car cette aventure pourrait bien être la dernière...

Mise en pages : Karine Benoit

Loi n° 49-956 du 16 juillet 1949
sur les publications destinées à la jeunesse
ISBN : 978-2-07-508865-7
Numéro d'édition : 377566
Premier dépôt légal dans la même collection : août 2017
Dépôt légal : janvier 2021

Imprimé en France par Pollina - 95941